Ludger Abeln · Wi harrn jo nix!

1970: Ludger Abeln mit seinen Schwestern
Reinhild und Martina

Ludger Abeln

Wi harrn jo nix!

Verlag Michael Jung

Der Verlag hat die plattdeutsche Schreibweise
vom Autor unverändert übernommen.

Besuchen Sie uns im Internet:
www.verlag-michael-jung.de

1. Auflage 2010

Gesamtherstellung:
Hans Kock Buch- und Offsetdruck GmbH, Bielefeld
ISBN 978-3-89882-115-5

DOR DÜMPELN SE WEDDER RÜM

Man, ick kann di seggen, ick hebb een Hals. Dor hest du nu enlik mal Sömmer un kannst di in't Freibad so richtig utswemmen un dann disse lebennige Bojen in't Swemmbecken. Meent sünd disse Lü, de glöben, dat en Swemmbecken to'n Rümliggen is. Meisttied sünd dat ollere Wichters so üm de 70 Johren. De Mannslü all överleevt un nu nix as af to'n Klöönsnack in de Badeanstalt. De komen dann in een Gruppe van 15 Damens un besetten in 5 Minüten dat hele Bad. Toeerst smieten se diene Saken van de Liege, se willen jo nu all nebenanner liggen. Dann robben se langsam as Seeelefanten in't Swemmbecken.

Well nu glöövt, dat se nu, as de Noom Swemmbecken dat jo seggt, anfangen to swemmen, de hett sick verdoon. Meist sünd se so korpulent, dat de Waterverdrängung van de Gruppe dat Becken to'n Överswappen brengt. Dann drieven se bold sünner Bewegung an de Oberfläche van't Water vör sick hen, unkontrolleert, as Minen ut de Kriech. Immer an't Wachten, dat se mit een Swemmer kollederen.

Tarnung is allerdings nich anseggt: De Swemmanzüge sünd so bunt, dat du glöövst, Tiger, Krokodile, Giraffen, Nilpeer un Zebras sünd tosomen in Urlaub no Ostfreesland komen.

Dortüschen dann noch de hele Botanik as Seerosen, Moderdachsstrauß un Orchideen. As Swemmer hest du nu verloren. No latest fiev Minüten

büst du an verzweifeln. De Waterminen köön't de Richtung nich hallen.
Se kummt di jümmers in de Queer. Un wenn du dann mal en beten Water upspritzen deihst, dann fangen se ok noch an, di to beschimpen.
Sowat as „Kien Respekt vör allerde Lü!“ – „Se sünd doch nich allenich in't Water!“, un noch veel slimmer.
Dorbi hebben se dat Bad nich pacht. Ick betahl de vulle Biedrach, se sünd dat, de mit de Seniorenkaart bold umsünst rinkomen. Ick gönn se dat jo.
Egaal, dann helpt bloots noch drünnerdördöken. Avers dat is ok nich ungefahrlik. Denn de sehn di nich. Un de swemmen nich in't Water, de hangen. Dann moost du uppassen, dat di de unsneden un scharpen Tehkrallen nich de Rüch bit up de Wirbelsäule upsnieden.
Wat blievt is: Ick moot dann mien Bahnen swemmen, wennehr de Giraffen un Seeelefanten kien Bus no't Swemmbad kriegen. Dann kann's ok wedder munter blieben bi't Swemmen.

ZEUGNISKONFERENZ

Ick bün jo so blied! Mien Söhn is ditmal mit en Zeugnis no Huus komen, för dat he sick nich verstoppen moot! Ick hebb dat allerdings al in't Vörfeld wüsst, dat dat ditmal nich so dramatisch word. Dorför givt dat jo Zeugniskonferenzen.

Mi is upfallen, dat de meesten Mesters egenlik gor kien Lüst dorto hebben. Dat liggt wahrschienlik doran, dat disse Konferenzen in de so nömde „unterrichtsfreie Zeit" liggen. Ick kenn nich veel Mesters, de dann mit Hart un Lüst to so en Termin komen. Dat moot drock gahn, up persönlik Schicksalen word kien Rücksicht nohmen.

En grode Utnahm was mien Lehrer för Geschichte, Hänsken Többe. Bloots en paar Schöler dürden ok Hans to hum seggen. Ick harr al jümmers Lüst to „Geschie" hatt. Un Hänsken was een van de selden Spezies van Mesters, de dat nich bloots drup harr, dat to verklickern, bi Hänsken gav dat ok jümmers en slanken Spröök dorto.

As een van miene Mesters dröp ick hum nu ok as Schöler in en Zeugniskonferenz wedder. Dat gung üm mien Versetten in de teihnde Klass. Ick was an un för sick en goden Schöler. Bloots dat Latinschke, dat föll mi leep swoor. Un de Mester was een van de „Schöler sünd all blöd"-Sort. Un wenn een dann ok noch Sport möök, anstatt to büffeln, was dat ut.

Un so kunn ick maken, wat ick wull, schriftlik up fief hett he mi mündlik so faken quält, bit ik nich

mehr wüss, of ick nu een „Ablativus absolutus“ of een „Ablativus instrumentalis“ was.
De Folg: een Sess in Latin. Dormit was klaar, ick mösde de negende Klass noch eenmal maken.
Nu was in disse Zeugniskonferenz Hänsken de Mester, de versöchte, mi to redden. He was an’t argumenteren, dat de Rest van mien Zeugnis so good was, dat ick dat Versetten wert was. Un so wieder.
Man, dat hölp nix: De Ehrenrunn was mi seker. As Belohnung hebb ick dann loter mit drei anner Kumpels de Fiat 600 van uns Latinmester upbockt, de Raden afbaut un unner de Wagen leggt. Mien Ehrenrund hett sick as kien Nodeil rutstellt un ick hebb mien Abitur dann mit Latinum ofsloten. Un Dank Hänsken Többe hett mi de Unnericht ok wedder Spaaß maakt.
He was een van de Mesters, bi de du ok in de School jümmers munter blieben kunnst.

DUSCHEN KOST NU 50 CENT

„Enlik Ferien!“, hett mien Söhn seggt un wull mit mi up de Zeltplatz. Eerstmal dach ick: Super, dat hest du jo al lang nich mehr maakt. Dat lesde Mal mit de Jungs van de Bundeswehr. Ditmal avers sünner Gewehr.

Also rup up de Böhn, Zelt, Sloopsoken un de hele Campingutrüstung inpackt un af no Neiharlingersiel up de Campingplatz. Un dann fung dat an: eerstmal de Campingplatz betahlen, dann för de Strandkörv betahlen.

Dat Zelt upbauen kösde bloots en beten Sweit. Dorno eben unner de Duschke. Dor harr ick dann avers al bold de Nöös full. Ick stunn dor mit mien Badetüch un harr kien Geld mit, avers mittlerwiele köst eenmal duschen 50 Cent. Wat ick nich wüsst: Du moost uppassen, dat du nich to lang duscht, denn dann stellt sick dat Water af. Mit Schuum in de Haare un meist ok vör de Mund noch eenmal torüch an't Zelt.

Mien Söhn was al an't Grienen. „Papa, laat dat mit dat Duschen, wi sünd an't Campen!“

Dann avers nix as af an den Strand, en Burg bauen. Un dor kreeg dat Grauen dann Gesichter. De Dütschen sünd ganz klaar to dick.

Een Wal leeg tegen de anner Wal an de Strand. Ick dach an een Leed van Albertus Ackermann: „Schuft den Wal torüch in't Meer“. Un bevör du een Gesicht in de Strandkörven söchst, kunnst all de behaarde Buken sehn. Avers eerstmal in't Soltwater springen. Rupp up dat Handdook, Sünnbrill up un Karten spölen. Dann fallt de Blick up de Föten van dien Vördermann. Hornhuut dick as een Swieneswarte, Tehnagels so lang as de Hörner van Elefanten. Bloots dat dor noch 20 Kilo olle Dreck unner de Nagels sitt. Dann fraags du di: moot dat nu wesen, so an de Strand to liggen? Ästhetik is wat anners.

No twee Stünnen dann de ersten Brandopfer. Een Sechserpack Beer tegen sick stohn, avers kien Geld för Lichtschutzfaktor 30. Krebsroot is unnerdreven, de harr ok as Führwehrauto dörgahn kunnt. Un dann dat Brüllen van de Öllern: „Chantal, smeer Kevin nich jümmers Mutjeklei in de Haare!"

„Jennifer, wenn du Pipi maken moost, goh mal drock in't Water!"

Dat Slimmste avers was dat Snurken un Arten van uns Zeltnobar. De hele Nacht gungen dat afwesselnd. An'n nächsten Mörgen hebb ick mit mien Söhn dat Zelt wedder afbaut.

Torüch tohuus hebben wi dann uns egen Zeltplatz in uns Gorden upmaakt. Bloots wi, en lüttje Lagerfüür un en Strandkörv. Un duschen kunnen wi wedder, sünner 50 Cent to betahlen. So kannst bi't Zelten dann ok munter blieben.

Un dann hebb ick mi an miene Tied bi de Bundeswehr erinnert. Dor was Zelten nich freiwilig.

DE KÖLLE, OF WARUM DE WINTER OK GODE SIETEN HETT

Nu kummt se wedder, de kolle Johrestied, nu krupt se wedder dör diene Klamotten, de Kölle. Dann word dat kolt up diene anners jümmers warme Huut. Al mörgens, wenn du upsteihst, de Teh ut dat Berre holst, of noch slimmer, de nachens van sülvs unner de Bettdeck utbüxt is.
Dann kannst du de as en Thermometer nutzen. Is he moi warm, dann hest du dat Fenster dicht hatt un de Heizung leep up Touren. De Teh is warm, avers du hest een Kopp van hier bit Hamborg. Spürs du hum so graad noch, dann was de Heizung up Minimaltemperatur un dat Fenster up Kipp. Dann sünd dat so sess Graad in dien Slaapkamer.
Avers wenn du dor kien Geföhl mehr in hest un du bi't Upstahn umknicken deihst, denn was dat buten an't freizen, de Kamerdöör stunn open, dor was Zug in de Bude, wiel dat Fenster up Kipp stunn un de Heizung was ut.
Boh, dann mach een jo nich upstahn. All dat Lüften van de Decke maakt di en slechtet Geweten, wiel so Energie in de kolle Ruum verpuffen deiht, un dat bi de Heizkosten. Avers van de Utdünstungen worden ok noch de schädliche Gase frei, dat geiht wedder up de Ozonschicht. Blied kann een wesen, wenn tegen di dann diene Frau of dien Mann liggen deiht, de ok kien Lüst hett uptostahn. Dann is dat as in een Brennwertzelle. Solang du boben bi di jümmers en beten insmieten deihst,

wat dien Körper dann verbrennen kann, solang kann een beter in't Berre liggen blieben. Dat is good för de Umwelt un good för diene Abwehrkräfte. Kuscheln, Küssen un dat wat dorno komen deiht, sörgt dorför, dat de Grundspannung erhollen blievt, de Bazillen nix to lachen hemmen un de Temperatur van dien Körper ok bi Kölle konstant up 37 Graad blievt.

Schaad is bloots, dat du jo nich de hele Dach liggen blieven kannst. Dat geiht bloots an't Wekenend. So moost du dann doch af un an upstahn un hopen, dat dien Körper di dat verzeiht, dat du hum in disse ekelige Tied, disse Kölle utsetten deihst.

Avers munter blieven kannst dor trotzdem bi.

STICKSTOFFSORBET OF DE NEIE ART TO KOKEN

Ick was annerlesdens in een neie Restaurant in Hamborg inladen. Total anseggt, en heel neie Köken. Wenn du denkst, dat du't all kennen deihst, wat in de Welt van de Gourmetköche dien Gaumen verwöhnen schall, dann hest du di versehn. Wenn du glöövst, dat du dör de föhlt hunnertdusend Kochshows in't Fernsehen dien Rezeptspeicher in't Kopp al total-dichtballert hest of du meinst, dat du all de Gerichten, de se di dor üm de Ohren hauen, in dien lüttje Leven nich mehr eten kannst, dann segg ick: Irrtum!

Dor givt dat noch wat, up dat villicht de Erfinners van de Atombomb in Los Alamos in ehr Mittagspaus dat erste Mal up komen sünd. Avers se hebben seker seggt: De Atombomb is al gefährlik noog, disse Molekularköken mutten wi unner Versluss hallen, dat is de Doot för de Minschken.

Ick heff se nu probeert: disse Molekularköken. Nu höört Se mal genau hen, wat een dor eten kann: Fisch-Iiscreme, Lachs-Lakritz-Paste, Stickstoffsorbet of Tomaten-Schokolaad. Denn chemische un physikalische Prozessen worden nu utprobeert. Dor staht de Starköche dann nich mehr mit Kochlepel in de Köken, Bunsenbrenner, Pipette un Reagenzglasen sünd anseggt. Fröher harrst du Angst, dat di de Gasherd üm de Ohren flöch, vandaach kannst bi en Besöök van de Koklabors bloots hopen, dat di dat hele Restaurant nich no chemische

Experimente an en Lammkeule as bi de Explosion in en James-Bond-Film ut dien Büx uthaut.
Ick heff mi dor antraut. Un ick moot seggen, so slecht, as ick mi dat vörstellt hebb, was dat dann doch nich. Good, af un an harr ick dat Geföhl, dat ick de Braden beter in Gasform dör mien Nasenlocken inatmen kunn, avers de Gesmack was o.k.
Total gespannt was ick jo dann up de Tomaten-Schokolaad. Dat smölt up mien Tung so moi, as ick dat al ut Kinnerdagen kenn. Avers dor was nich een Molekül Kakao binnen. Dor harr ick genauso good Tomatenpesto direkt ut een Glas lutschen kunnt.
Un as ick de Rechnung för dat experimentelle Koken sehn hebb, was ick blied, dat ick inladen worrn was.
Jo, de Priesen för Chemieprodukte sünd villicht in de lesde Johren so as de Öölpries stegen, avers ick goh dann doch in Tokunft wedder in en normale Restaurant. Dor weet ick villicht ok nich, of dat Kalv bio was of nich, man bi de herkömmlicke Art to eten, kööönt mien Gesmackssinnen ok sünner Chemie un Physik munter blieben.

OLIVENBÖÖM AS SEKER GELDANLAAG

Ick bün jo so blied, dat ick mien Geld nich in Aktien anleggt hebb.
„Up de meesten Angebote kannst du nich up vertrauen“, hett mien Bankberater mi vertellt.
Un dor moot ick seggen: Nich all Banklü sünd Swinnlers un Provisionsjägers. Avers villicht is he ok een Utnahm, villicht, wiel wi uns al ut Kinnerdagen kennen. Villicht, wiel wi al damals lever een Groschen för Ahoi-Braus in uns Hannen harrn as een Mark up dat Spaarkonto.
An de Weltspaardach hebben de Banken an uns nich veel verdeent. Wi harrn nix un van disse Nix hebben wi uns ok lever noch ‚Werthers Echte’ köfft of, wenn wi dat good erwischt harrn, sogar en Mars-Riegel. De leckere Gesmack was uns Rendite, de Utsicht up mehr van disse Naschereien was Ansporn, Pandflaschken of Altmetall to sammeln. De Flaschken bröchten wi dann direkt to uns Tant-Emma-Laden, dat Altmetall to Onkel Schwäke, de harr bloots noch een Arm, den annern harr he in de Krieg verloren.
För Kopper gav dat besünners veel. Un de Tieden, sien Geld in Naturalien antoleggen, is wedder torüch komen. Plötzlik investeert se wedder in Gold of Edelstienen. Avers dat givt jo bloots dann Rendite, wennehr de Priesen stiegen. Un wenn sick de Laag wedder enstpannt, dann moken se ok noch Verlüst.

Ick hebb nu mitkregen, dat de een of anner sien Penunsen in Böme investeert, in Olivenbööm in Kroatien. Doch, Se hebbt richtig höört. Worben word mit attraktive Gewinnspannen, 10-dusend Hektar Land un dat Verspreken, de hele Wertschöpfungskette to begleiten. In Kroatien hett dat Tradition, dat Wachstum in dat Land leeg verleden Johr bi bold söben Prozent un goded Olivenöö1 in Extra-Virgine-Quailität word jümmers bruukt. De Weltbevölkerung is jo an't wassen as nich gescheit. Un well kann as Aktien-Besitter al in de Urlaub dör sien egen Plantage lopen, de olle Bömen ruken un sick de een of anner Olive frisch van sien Boom direkt in sien Mund fallen laten un kauen. Dor presst du dat gesunde Ööl dann mit diene Tannen ut de Frucht. Versöken Se dat as SAP-Aktionär mal mit een Computer of Software. Togegeven, een verlockende Gedanke, avers ick bliev dann doch lever bi mien Spaarkonto, dor kummt zwar nich so veel Ööl rut, avers bi de Gedanken, dat mien Geld dor seker liggen deiht, kann ick ok in Ostfreesland munter wieder slapen.

ZUPPELN, SNIEDEN, OFFACKELN – HAARE WECH MOOT WESEN

Je later dat word, desto schräger de Themen.
Wennehr du up een Party büst, dann komen mit de Tied un de jümmers hogere Slaagtahl van de Getränke ok Soken up dat Programm, dat du glöövst: Hebb ick dat nu höört of liggt dat an de Prozenten? Bi de lesde Party gung dat üm Behaarung. Wat mutt dorwesen, wat mutt wech?
Ick was an dat Gespräch nich so recht beteilicht. Avers wiel dat so luut was un de Wichters mit ehr Stimmen so hoch an't proten wassen, hebb ick dat een of anner doch mitkregen.
Wat anscheinend uns Mannslü nich nosehn word, sünd Ohren- of Nööshaare. O.k. – de een of anner Mann hett seker toveel dorvan. Wennehr du di dat Nöös- un Ohrenhaar to een Zopf flechten kannst, of de Haare ut de Nöös un de Ohren tosomenbinnen kannst, dann is dat seker to lang. Dat flattert dann jo bi Wind ok jümmers in dien Gesicht rüm. Dann noch de Dinge, de dor so ankleven.
Hygiene adé … kann ick bloots seggen. Villicht hett de een of anner Mann avers bloots Angst, se ruttotrecken. Un dat is berechtigt. Denn Zuppeln is nich good. Dormit kannst du di dien Nööshaarwoddels reizen, de Follikels. Un dat givt dann bösartig Forunkels an dien Nöösspitz. Un dat sücht seker noch ekeliger ut as to lange Haare. Wenn du genoog Mut hest, kannst de Haare jo mit een elektrische Nöösrasenmeiher of mit een Rundkopp-

scheer ofsnieden. Bi de Ohren is dat eenfacher. Dor maakst du dat as bi en türkisch Friseur. En Wattebausch in Alkohol stoppen, nich oflecken, sonnern ansticken un de Haare in dien Ohren offackeln. Dat deiht nich sehr, ruket avers een beten as verbrannde Tehnagles. Dat hebbt wi klärt.

Avers slimmer word dat bi anner Körperbehaarung. Denn de meesten van de Partygirls wassen sick einig, dat de Bikinizone bi uns Mannslü raseert wesen moot. Up de Rüch düren ok kien Haare wassen, Bartwuchs un Bosthaaren wassen bi de meesten verpönt. Dat meent, dat wi nu ok Enthaarungscreme of Wachs insetten mutten, üm de Wichters to gefallen. Un een Dilemma is jo: Je olleder du worst, desto mehr Haare wassen di.

Dann kannst blied wesen, wenn du blond büst, so as ick, dann sücht man dat nich so. Of di is dat schietegaal un du kannst ok mit Haarpracht munter dör de Damenwelt gahn.

WENN DE BUUR SIEN FRAU NICH FIND

Wat hebb wi doch in Norddüütschland för en moie Gegend. Dor is van all wat dorbi. De Harz as Mittelgebirge, de Heid mit de Snucken, de Küst mit dat Water, de Inseln mit de frischke Luft. Un överall süchst du, de Buurn dat Land bestellen.

Doch wo lang geiht dat noch so? Disse Landbestellers finnen kien Fraunslü mehr un dann stellt sick irgendwann de Generationenfraag. Dat kann to en Problem worden.

Dorbi givt dat in't dütsche Fernsehen so veel Sendungen, wor Probleme beproot word. Kalvas moot jümmers dortüschen gahn, wenn de Mann sien Frau nachens dootsnarchen deiht, bi Oli Geissen word test, wecke van de teihn Kinners van een Frau ok van ehr Mann sünd, bi Kai Pflaume word no de torüchlaten un vergeten Liebesbekanntschupp ut Thailand forscht, bi Katharina Saalfrank, de Supernanny, word di wieset, wennehr du dien Kind doch mal een Klapp vör't Moors geven kannst, avers wat is mit de Hieratsprobleme van Buurn?

As Ina Müller noch för de jungen Landwirte unnerwegens wesen is, dor hett dat jo in Norddüütschland noch en paarmal so richtig snackelt! Nich mit Ina, nee, mit Wichters, de sick bit dorhen överhaupts nich vörstellen kunnen, wat mit een Buur antofangen. Avers dat is vörbi.

Jo, leve Wichters, dorbi sünd bi de Jungs van't Hoff gode Partien dorbi. Dat sünd nich mehr bloots de langwieligen Snarchbubis, de sick bi en Scheunenfete mit Cola-Korn de beste Koh in'n Stall schöönsupet. Üm vandaach in de globale Wirtschaft to bestahn, dor moost du gerade as Buur studeert hebben. Dor hest du nich bloots Ahnung van Treckers, Euters un Swienemast, dor kennst du di ok mit anner Dinge good ut. Denn as Student kummst du ok mal rut ut dien Dörp un snuppers Kultur, Stadtluft un dat söte Leven in Clubs un Discos.

Eens is klaar: De Klock sleiht wedder anners, wenn du torüch up dien Hoff büst, avers, wennehr du eerstmal infinziert büst un de anner Siete kennst, dann kannst du as junge Buur vandaach beid verbinnen. De harde Arbeit un en beten van de Welt achter de Kohstall. Un ick glööv, dat disse Jungs dat verdeent hebben, dat se mal anners ankeken worden.

Also, leve Wichters mit en Hart för de Natur un Naturburschen, faker mal över't Land fahrn of in't Internet no Jungbuurn kieken. Man moot jo nich glieks de Katte in'n Sack kopen, avers kieken kann een jo mal. Un ok up dat Land kann dat munter togahn.

„BLING BLING" GIVT DAT NU OK FÖR MANNSLÜ

„Bling bling" kummt ut de amerikansche Rap-Musik un meent Smuck. Wi as Mannslü düren nu ok wedder Smuck dregen. „Bling bling" is allerdings Gansta-Rapper-Sproak ut de USA.

Du kannst man blied wesen, wenn diene Kinners dat nich all verstoht. Nich umsünst stohn up de Deckels van de meesten CDs Hinwiese, dat de Worden, de dor bruket sünd, ut de allerünnerste Schuuvlaad sünd.

„Bling bling" steiht in disse Leder vör allen för de Smuck, üm de to kriegen, junge Wichters nich bloots mit de Moors wackeln. Un de Mannslü hebbt in de Videos jümmers 27 Kilo Gold un Brillanten üm de Hals hangen, üm to wiesen, dat se dat ut de Ghettos schafft hebben un nu bloots noch up de Wichters wachten, de de Smuck hebben willen.

Ok de norddütsche Mann dürt sick nu wedder en beten „Bling bling" gönnen. Togegeven, dor givt dat noog, de sick al siet de sömtiger Johren dicke Silversmuck üm de Hals un an dat Handgelenk leggen. De kannst in Winter dann ok as Sneeketten nutzen. In disse Ketten verhangt sick dann geern mal dat Bosthaar un de Sweet. Avers de Ludenschick word gesellschaftsfähig. Siet Footballers un Schauspölers as David Beckham un Jonny Depp dormit rümlopen, hett de Smuckindustrie trotz de Finanz- un Wirtschaftskries tweestellige Towachsraten.

Jo, un in disse Johr is't al wedder erlaubt. Total in'n Trend sünd dorbi nich de dünne Goldkettchen, de sick jümmers in de speckig Falten van de Mannslü leggen. Wittet Gold of Stahl in Kombination mit Kautschuk un Ledder sünd total anseggt. Dorbi worden de Materialien mixt. Ledder, mit inflochten Stahlkugels, Kautschuk mit bösselt Stahlplatten, dicke, wittgülden Ringe, breie Ledderbänner mit Druckknöpe, de so'n beten an Gladiatoren erinnern, dat is de neie Trend. Dorbi kummt dat nich dorup an, dat dat düür is. Dor schall nich mit angeven worden, dat is en neie Levensgeföhl. Du dürs as Mann wedder cool wesen un to de lieke Tied mit de Kinnerwagen dör de Gegend schuwen un bi de Discounter üm de Eck Winneln kopen. Dat passt tosomen. Dat heet avers för de Fraunslü ok: To Wiehnachten of Geburtstag givt dat nu ok Smuck för de Mann.

Avers dat kann ok en geschickte Schachzuch van de Frauens wesen. Denn wennehr de Mann sick dat nu ok antrecken moot, dann hett he kien Argument mehr, sick bi en Shopping-event dör de Smuckladen to verweigern.

Egaal, wenn beid blied dor wedder rutkomen, dann kann „bling bling“ ok munter maken.

CABRIO OPEN – DE TESTOSTERON-SAISON HETT ANFANGEN

De Fröhling is dor un de Cabrios sünd wedder up de Straten unnerwegens. Pünktlik to Saisonbeginn worden se wedder flottmaakt, de Puppenfänger. De hele Winter över hebben se in en Garage övernachtet, up olle Felgen, mit mehr Druck as sonst, Batterie ofklemmt un de Tank vull, dormit he nich to rusten anfangt. Avers du kunnst dat al vör en paar Weken föhlen, dat dat Cabriofiever bi de Besitters wedder in de Liev rupkrupen dee, dat Wachten was bold nich mehr to'n uthallen.
Un dann, wennehr de ersten Sünnenstrahlen rutkomen, dann word de Garage upmaakt, de Spinnweben wechfeget, de Folie van't Auto nohmen, de Reifen wesselt, de Batterie anklemmt un eerst eenmal sinnig dör de Waschanlaag, mit dat scheue Reh. Of beter sinnlik? Denn so en Cabrio hett Sexappeal. Dann word dat hele Wicht mit Schuum ingliert, dat dat bloots so tropfen deiht un dorno mit Wachs un Bössel elke Kurv entlang insmeert, mit de Fingers in elke Ritze pult un mit en Speziallotion wedder inreben, bit dat Wicht glänzen deiht as en Aal in Aspiek.
Marken Se al wat, so en Cabrio is för en Mann nich bloots en Vehikel, üm van A no B to komen. För de meesten Mannslü is ehr Cabrio en Offenbarung, en sinnlike Lustobjekt, en Statussymbol, en Freiheitsstatue. Mit so en Cabrio kannst di de Frust van de Dach van de Seele föhren, di friske

Luft in de Lungen jagen of dör dien Haar pusten laten, wennehr noch wat dor is, heet dat. Is dor kien Haar mehr, dann up elke Fall en Müsse up de Kopp setten, anners verbrannt di de Pläte. Un dor moot ick inhaken: Denn wennehr du so wiet büst, dat du en Müsse dragen moost, dann büst du wahrschienlik ok in dat Öller, dat du an de Ampel of bi dat Vörbiföhren an en Stratenlokal nich unbedingt de Wichters nofleitjen schallst. Dat kummt nich so good. Denn villicht is dien Testosteronspegel in't Fröhjohr ok sünner Viagra noch up en önlike Pegel, avers junge Wichters verzichten lever up en Cabriofahrt, bevör se mit so en Sugardaddy open dör de Straten flaneren.

Genauso peinlich sünd disse upmotzten Cabrios, en dicke Anlaag bit an de Anslag upreiten, en dübbelde Endrohr in XXL-Grötte dorachterhangen, deper leggt, dat se bold nich mehr över de Puckels van de amerikansche Snellrestaurants komen, bit unner de Achseln tätoweert, avers bloots Geld, üm för 10 Euro to tanken un noch bi Mama in ehr Jugendzimmer wohnen. Cabrio also bloots original un wennehr dor mal en Wicht achter di anluurt, dann kannst ruhig mal to en Fahrt inladen. Dat maakt beid blied un munter.

DE STIMMBRUCH VAN MIEN SÖHN OF WENNEHR EN BABY GROOT WORD

Ick kann mi dor eenfach nich an wennen: Mien Söhn word nu groot. Nu is he al 16 Jor old un hett mi al inhalt, tominst wat de Grötte angeiht. Bi de Schohgrötte hett he mi sogar al överhalt, ick heff 43 un he 47. Annerlesdens hebben wi Sportschohe köfft un de wassen sogar 48,5. Dor hebb nich bloots ick en Schrecken kregen. To'n Glück hett de Verköper seggt, dat een bi Sportschohen jümmers tominst twee Grötten upreken moot.

Dorbi is dat föhlt noch gar nich so lang her, dat he as lüttje Schietbüddel dör uns Huus krabbelt is. Un he harr so moi weke Babyspeckföten. De erste Sportsocken passden mi graad mal so up mien Dumen. Kerl, wat was he sööt mit sien blondet Haar, de groten blauen Ogen un jümmers an't Lachen. Sowat dürst du hum vandaach nich mehr vertellen, dann heet dat liek: „Papa, dat is peinlich!“

Dorbi kunn ick jümmers mit hum rümtoben, he was för elke Spaass to hebben un leep jümmers achter mi an. Vandaach is dat ok noch so, tominst af un an un jümmers dann, wennehr du dor nich mit reken deihst. Dann nümp he mi in de Arm, of knufft mi van Siete, of wennehr he mööd word, dann kuschelt he sik ok noch mal avends up dat Sofa dicht an mi. Dat sünd de Momenten, in de mi dat Hart besünners dull upgeiht, dann weet ick, dat he mi genauso in sien Hart sloten hett as ick hum.

Doch anner Momenten worden nu jümmers mehr. Momenten, in de he anfangt, sien egen Wegen to gahn. Van de School moot ick hum nich mehr afhalen, he hett sien Kumpels un sien Motorroller. Bi sien Footballspelen kiek ick ok nich mehr so faken to, dat övernehmen nu de jungen Wichters, de an de Rand stahnt un sick de slacksigen Bössels ankieken. Dann sünd se stark un springen över dat Feld as junge Fohlen. Un nich bloots mien Söhn, de anners Jungens ok.

Ick dür ok nich mehr sünner lang antokloppen un ok mal to wachten in sien Kamer ringahn. He blockeert ok jümmers mehr dat Telefon. Vör een Johr hett he sick noch bi mien Frau doröver beklagt. Un sien Stimmbruch is nu al so wiet, dat wennehr ick tohuus anropen dee, ick denk, ick hebb mi sülvst an de Apparat.

Nu bün ick al an't överleggen, wennehr de richtige Tiedpunkt is, mi Gedanken doröver to maken, dat he villicht bald nich mehr tohuus wohnt. Avers disse Gedanken, de schuuf ick noch geern bisiet. Villicht maakt he jo Abitur un dorno noch en Lehr, so as ick. Dann hebb ick noch 6 Johr sien Gesellschupp in't Huus. Mi word dat gefallen, ok wennehr he jümmers grötter word, de lüttje Fend. He is eben mien lüttje, grotte Söhn.

TOYBOYS, DAT NEIE SPEELTÜCH VAN RIEPE FRAUENS

Wat nich all ut Amerika kummt! Een Trend jacht de anner. Faker is dat wat för Kinners of Sportlers, Computerspelen of Inliners. Avers ditmal is dat wat för Frauens.

Un, leve Mannslü, nu heet dat uppassen. Denn nu sünd de Frauens in't beste Oller scharp up junge Jungs. In engelsch heet dat „toyboys". Översett meent dat so wat as „Spööltüchjungs".

Avers nich wat Se sick villicht denken: Jungs, de mit Spölen no Huus hen komen un mit de Wichters moi an de Tafel sitten un Halma of Schach spölen. Nee, dat is wall so meent, as Se sick dat in Ehr Fantasie drömen, de sünd för dat Extremkuscheln tostännig. Un dat nich heimlik, nee, de Frauens sünd nu so emanzipeert, dat se de Realität ümdreihen. Worüm schall dat bloots so wesen, dat jümmers olle Geldsäcke mit junge Wichters an tüdeln sünd. Frauens sünd vandaach so selbstbewusst un unabhängig, dat se sick ehr egen Lover hallen. De Popikone Madonna is nu mit Jesus togang. Nich mit de ut de Bibel. Ehr Jesus is 22 Johr old un en brasiliansche Model. Dor sünd 28 Johre dortüschen. De Schauspölerin Demi Moore hett ehr toyboy, de Kolleeg Ashton Kutscher, sogar hierat.

Nich annersrüm. Birgit Schrowange, en dütsche Moderatorin, hett sick mit en jüngere Mann tröst. Dat lieke deiht Donatella Versace liek as de Sän-

gerin Cher of Ivana Trump, de Ex van Immobilienmilliardär Donald.
Un wor kannst de Jungs finnen: in't Internet.
Wat fröher verheimlicht worden was, dat wiesen se vandach in de Öffentlichkeit mit Stolt in ehr Bost of ehr Bosten. De sexuelle Revolution geiht in de nächste Rund. Un de Frauens hebben ok wat heel Reelles, sotoseggen Handfestes un Standfestes dorvan. Denn klaar kummt Neid bi de Mannslü över 50 up, denn de „toyboys" köönt ehr Spööltüch rein hormonell un physiologisch öfter un längeder benutzen as ollere Mannslü. Un van Viagra weten se höchstens, wor dat schreven word, avers nich, wor dat smecken deiht. Un de Jungs hebben jo ok wat dorvan. De Frauens, mit de se spölen, hebben Geld. Un dormit statten se de Jungs dann mit Autos, Wohnungen, Uhren, Klamotten un anner Luxusartikels ut.
Jo, leve Mannslü, nu is dat Privileeg futsch, sick allenig in latere Johren mit Friskfleisch, as dat af un an banal schreven word, to presenteren. Dat een of anner hebben „toyboys" un „bunnys" dann villicht doch liek: Se mutten bloots good utsehn. Denn faker gilt de Regel, dat de Mund losmaken, de äußere Schöönheit nich jümmers unnerstütten deiht.

DOR SCHALL EEN DE JUGEND NOCH VERSTAHN

Man, man, man! Annerlesdens hebb ick dacht, ick bün in't Utland. Ick stunn mit mien Söhn un siene Frünnen up de Footballplatz. He harr en Punktspööl tegen Stiekelkamperfehn. Dor denkst du doch: Klaar, de proten villicht noch Plattdüütsch mit'n'anner. Dat köönt se seker ok noch, avers dorvan was up de Platz nix to hören. Dor wassen Worden dorbi, de ick vördem noch nich hööört harr.
„Hey, du Honk, spööl de Ball of!"
Honk, dach ick, wat is dat denn för en neie Position. Avers, dat is kien Begreep ut dat Footballlehrbook: Honk meent „Hauptschüler ohne nennenswerte Kenntnisse"!
Un dor sünd wi al bi dat Thema: Wennehr sick Öllern nun Kinners nich mehr verstahnt. Ick kann mi doran ok noch erinnern. As ick tohuus dat erste Mal „dat is jo geil" seggt hebb, so Anfang van de tachtentiger Johren, dor harr ick avers al een Sekünd later de Hand van mien Vader up de Moors. Dat Word „geil", dat hörde nich in en kathloschke Huushold. „Geil" harr so wat anzügliket un unmoralischet. För uns was dat bloots en Begreep, üm wat Dollet to beschrieben. Man, dor kunn ick mien Vader nich mit komen.
Un nu de Spraak van de de Kinners un Jugendlike vandach. Dor kummst du mit „geil" överhaupts nich mehr an. Dor givt dat en Hitliste mit de besten Begrepen. „Gammelfleischparty" is en Fest, wor

Lü vanaf dartich Johren toreken worden. För de Jugend höörst du jo al mit 30 to en utlopen Modell, reip för de Abwrackprämie. För Minsken, de stünnenlang vör de Computers sitten, hebben se dat Word „Computerbräune“ erfunnen. Wenn du in en Pommesbude geihst un di wat to eten halst, dann büst du in en „Glutamatpalast“ west.

Potenzstörungen sünd, anlennt an de Computerspraak, „Hardwareprobleme“, de Apothekenumschau is de „Rentnerbravo“ un en Rollator is en „Pflasterporsche“.

„Harden Tobak“, denkt Se nu villicht. Man, to elke Tied hett dat doch över Generationen Begrepen geven, de de ollerden Lü to eerstmal nich up de Schirm hatt harrn.

Man, ick moot seggen, mi gefallt dat. Dat heet jo ok, dat kloge Kinners vandach en Bült Fantasie hebben, mit de Dütsche Spraak ümtogahn. En „Honk“ kann dat nich. De kann dann beter mit „Naturwollsocken“, dat sünd leep behaarde Been, över de Footballplatz rennen un sick beschimpen laten.

DAT DRAMA MIT DE WIEHNACHTSBOOM

Kennt Se dat ok? Dor hest du jüst de Wiehnachtsdeko van de olle Boom ofklütert, dat Lametta bügelt un de Kartons up den Böden brocht, un dann steiht Wiehnachten al wedder vör de Döör un du moost dat hele Wark wedder runnerholen. Un dit Johr is dat nich anners. Bi uns tohuus wassen jümmers all de Manslü för dat Smücken un Uprüschen van de Boom tostännig. Un dat hett sick bit nu hollen. Ok in disse Johr moot ick eerstmal de Boom kopen, dann ofsagen un in de Stänner setten. Un dat is nich licht. Garanteert griebst du mit diene Fingers seker ok dit Johr wedder önlik in dat Boomharz. Un dat is jo nich as wie mit Pattex. Harz wedder oftokriegen, dürt Stunnen. Dann hest du dat schafft. Dorbi hest du avers al so an de Boom rüttelt, dat di de ersten dreihunnertfievunsömtig Nadels al achtern in de Nacken fallt. Un dat fangt an to jucken. Egaal, de Boom moot rin in de gode Stuuv. Dit Johr is de Boom avers so breet, dat du bi dat Trecken dör de Terrassendöör al een of twee Tweige ofbreken deihst.

Dat sücht dien Frau un fraagt di, of du dat nich eenmal sünner Verlust van de halve Boom bit in de Wohnstuuv schaffst. Un du spürst al, dat dat mit de Freid up dat Fest jümmers minner word. Dann kummt dat Uprichten van de Boom. Dormit du seker wesen kannst, dat dat so recht is, halst du dien Frau dorto. In de nächste Moment weetst du avers:

Fehler! Denn in de Tied, in de du unner de Boom in Sweit kummst, dirigeert dien Frau de Boom.
„Bittje no links, nu wedder wat no rechts, de is scheev. No achtern drücken, to veel, wedder no vörn!“ Un so geiht dat seker een veddel Stünn.
Ok wenn du denkst, de steiht as’n Eins, un de Beweis mit de Waterwaag hest du ok lefert, dat interessert nich. Dor is jümmers noch de gestalterisch-künstlerische Komponente van een Frau, de seggt, wennehr de Boom richtig un wennehr he falsch steiht. Un wenn du dann noch dat Smücken överstahn hest, dann hest du di Wiehnachten un een richtig grode Geschenk verdeent. Un still un heimlik freihst du di al up de Moment, wenn du den Boom köppen un een Dach no de hillige drei Könige wedder entsorgen kannst.
Een Johr Ruhe, dat gröttste Geschenk van de Wiehnachtsmann.

WI HARRN JO NIX!

Worüm heten Öllern egenlik Öllern? Wiel se ölleder worden un för di as Kind villicht nienich jung wesen sünd. Se sünd jümmers al ölleder wesen. Dat liggt in de Natuur van de Sook.
Un nu bün ick sülvs Öller. Un ick bün mi seker, dat mien Söhn ok so över mi denken deiht. Dorüm bün ick, wor miene Öllern nu ok in de Johre komen, faker mal bi se. Un elke Mal geiht dat nu um ehr Kinnertied. Beid sünd up een Buurnhoff upwassen. Mien Vader harr en Bült Bröers un Süsters un mien Moder harr dat ok. Upwassen sünd se in't Emsland to en Tied, as de Region dat Armenhuus van Düütschland wesen is. Un dat sitt deep. Veel Dagen wassen bestimmt dör de Kampf tegen to min to eten un to veel Arbeit.
En Slachwoort kummt jümmers wedder up de Tafel: „Wi harrn jo nix!"
Seker, dat was en anner Tied, avers dat hett ok en groten Deel van ehr Art to leven utmaakt. För mien Vader to'n Biespöl gav dat een Tied, in de he sick mit twee Bröer tosomen een Paar Schohen deilen mösde. De een gung dann an'n Saterdach to de hillige Misse. De anner sönndachs üm acht un mien Vader üm teihn to't Hochamt. So is dat nich so upfallen, dat dat bi miene Grootöllern nix to halen was. Dat was hart för mien Vader un siene Familie. Mien Moder harr dat en beten beter. As mien Vader dann mit veerteihn Johr in de Lehr kaam, harr he sien egen Geld in de Hand. Dann

wassen de Drömen van en egen Motorrad, en egen Huus un en egen Familie ok to erfüllen.
An mien Kinnertied kann ick mi noch good erinnern. „Wi harrn jo nix“ as Kinners, miene twee Süsters un mien Bröer. Tominst, wennehr ick dat mit mien Söhn verglieken do. Nee, wi harrn kiene Playstation, kien egen Kamer, Spöölsoken wassen ok bannig knapp. Un, hebb ick dat vermisst? Nee!
Wi harrn de Warkstatt van mien Vader, wi harrn Fantasie un wi harrn en groten Bült Frünnen.
Avers af un an, wennehr ick mi mit mien Söhn unnerhallen do un he mi fraagt, wor mien Kinnertied wesen is, dann sitt ick dor, de Ogen worden glasig un dann kummt he, de Satz, de mi so in'n Kopp sitten deiht: „Wi harrn jo nix!“
Un wiel mien Söhn weten deiht, wor dat meint is, fangt he an to grienen un seggt: „Papa, wennehr ick mal Kinners hebb, dann is dat de Weisheit, de sick dör all uns Generationen dörtrecken deiht un de miene Kinners dann ok van mi hööрт un nich glöven köönt!“
Un ick weit genau, för mien Vader un miene Moder was dat noch Realität, se harrn wirklich nix un hebbt dor en Bült ut maakt.

ELKE FIEF MINÜTEN NEI VERLIEVT

Man, man, man, ick kann di seggen, mit twee puberterende Jungs in Urlaub to fahren, is nich licht! Wi wassen in dit Johr wedder in Italien an de Garda-See. Avers bold harr ick al bi Köln de Fahrt stoppt un was ümdreiht, wiel ick bold dördreiht bün. Mien Söhn wull mit nu sessteihn Johr doch nochmal up Kosten van de Öllern mitföhrn. O.k. hebb ick mi dacht. Villicht is dat dat lesde Mal, wor he dat will, bloots nich nee seggen.

Denn wennehr ick ehrlik bün, ick kann mi noch gar nich vörstellen, wor dat is, wennehr he nich mehr mitfahren will as in de lesden sessteihn Johren.

Avers eerstmal wedder torüch to de Autofahrt. Mien Söhn harr, üm nich mit siene ollen Öllern allenig to föhrn, sien beste Fründ mitnohmen. Öllern sünd in dat Öller total uncool. Kann ick verstahn, wennehr ick ehrlik bün. Mit sessteihn sünd Jungs so as Fressraupen. Du büst noch gar nich van'n Hoff runner, dann hebbt se al de ersde Tüte Gummibärchen upmaakt. Un nich, dat se dor een, twee of drei rutnehmen, nee, dor word nich eheder uphallen, bit de Tüte leech is un de Bärchen doot in de Mag swemmen. Un wennehr du bi dien konzentreerde Autofahrt irgendwann villicht ok noch een hebben wullt, dann hold se di mit een breied Grienen ok noch de Tuut vör de Nöös. Dann word Cola drunken. Dorno moot man even rülpsen as een Koh, de jüst kalvt hett.

Du spürst un ruukst den Dodeshauch van de jüst eten Gummideeren in dien Nacken. Dann word de Musik updreiht bit an de Anslach. Un mitsungen. Text, wat is dat! Un twee Stemmen, de an't breken sünd, hören sick an as en Flex up Metall. Dann speelt se up ehr PSP, dat is en Konsol mit Spölen. De hest du tohuus doch wedder eigenhännig in't Huus torüch bracht. Klaar, de van mien Söhn was dor uk bleven, avers de anner Fend harr jo ok noch een. Un bi elke Schild van een van disse amerikanschke Fast-Food-Ketten kriegen de jo bloots van de Anblick wedder Hunger. Dor büst du bold hunnert Euro los, bevör du överhaupts een Foot up italienschke Gemarkungen sett hest.

Avers dann komen de Momenten, wor du di freihst, dat du dorhallen hest. Dat is, wennehr sick de jungen Gockels upplustern. Eerstmal an de Pool van de lüttje Anlaag.

Dor wassen twee söte, nedderlandske Wichters. Blond, grode blaue Ogen un de guffelten ok vör sick hen bi de Anblick van de Jungs. Un wat möken de? Norddütsche Anmaak: een Arschbombe no de annere, jümmers so, dat de Wichters ok natt worden sünd. Bi uns Ausflug no Verona kaam dat avers noch dicker. Dor wassen de twee Schönheiten al vergeten. In Verona gav dat dusende dorvan. Du kunnst genau seihn, wor sick de Koppen van de Jungs gar nich entscheiden kunnen, wor se nu henkieken schullen.

Kultur kunnst du an disse Dach vergeten. Wat is al de olle Arena di Verona tegen dusend junge Wichters?

As wi an'n Avend wedder torüch wassen, keken beide wat benaud ut de Wäske. As ick fragen dee, wat denn mit se los is, kaam de bittere Wahrheit: „Papa, dat is nich uttohallen hier in Italien. Wi sünd so feddich, wiel wi beid uns elke fiev Minüten nei verlievt hebbt."

Man, hebb ick dacht, wat is dat doch schöön, as Jung jung to wesen un in de Pubertät to stecken. So en Anstrengung kunn ick mi af un an ok noch good vörstellen.

„FREE HUG“ OF WAT KOST EEN UMARMUNG?

„Dor is to min Lievde in de Welt“, dat hett uns olle Pastor jümmers in de Karke seggt. Dat was meist so tegen Wiehnachten. Un meist hett he dat seggt so kört vör de Kollekte. Dormit schullen de Kark-gängers weten, dat nu de Tied komen is, nich Klin-gelgeld sonnern Schiene in de Körv to smieten.
Avers de Lievde fangt nich mit Geld an. Dor reicht för de een of anner doch al en Lächeln, en fründ-like Händedruck of de Döre uphallen. Dor geiht bi de meesten dat Hart up.
Ick was annerlesdens in de Stadt unnerwegens un dor stunnen twee junge Deerns mit grode Schillers up de Marktplatz. Dorup stunn „Free hug!“
De een of anner kunn villicht menen, dat du dor en Mettbrötken umsüss kriegen kannst. Avers mit Bahnhoffsmission harr dat nix to doon. Dat was ok kien Probeerstand van en grode Wostfabrik. Sün-ner to weten, wat mien Pastor up de Kanzel pre-digt hett, harrn se siene Bootschaft in de Welt bracht: „Dor is to min Lievde in de Welt“.
Un du kunnst sehn, wor de Lü neischierig de Wich-ters tohörden. De Geschichte van „Free hug!“ kummt ut Australien. In dat Land up de anner Siete van de Welt is dat mit de Glöben nich so as bi uns. Dor givt dat en Bült mehr an Religionen. Un ok Sekten. Un een van disse Glöbensrichtungen seggt: Wennehr du diene Mitminsken wat Godes doon wullt, dann nümm se in de Arm. Un nix an-

ners heet „Free hug!“. En Umarmung, sünner dat dat was kösten deiht un sünner dat du de Lü kennst. Dat was wall för veel van de Passanten en beten to merkwürdig. Een to umarmen, van de du nich mal de Nomen kennst? Komisch.
Un doch: Een öllerde Frau stunn in de twede Riech un keek sick dat Drieben an. Hörde sick an, wat de Frauen över Lievde un de beherzte Körperkontakt seggden. Dann nöhm se ehr Taschke. Un för mi söch dat al so ut, as wollde se nu wieder gahn. Avers nee, se gung up dat een Wicht to, stellde de Taschke wedder af un nöhm se so dull in de Arm, dat du menen kunnst, se wollde ehr erdrücken. Dann nöhm se de Taschke wedder up, harr en Lächeln in ehr Gesicht un gung wieder.
Ick kann mi vörstellen, wor veel Överwinnen ehr dat kost hett. Midden in de Stadt, midden unner Minsken, de ehr villicht kennen, so wat to doon.
Avers eins is seker: Sünner „Free hug!“ was se seker up kien anner Minsk so losgahn.
„Dor was to min Lievde in de Welt!“ Egaal to welke Religion du tohören deihst, of ok to gar kien Religion, een „Free hug!“ kann för een Moment een Minske glücklik maken.

NORMALE BOSTEN STARVEN UT

Nu is Wiehnachten vorbi un dormit verringert sick de Tahl van echte Bosten up de Welt wedder üm en paar dusend. Echte Bosten, dorup, wor wi Mannslü jümmers up kieken. Wi köönt gar nich anners, as dorup to kieken. Dat liggt in de Evolution leep deep in uns Gene verbuddelt. Dat hett al de amerikansche Forscherin Barbara Pease rutfunnen. De hett al schreven, dat dat Erste, wat en junge Kerl no de Geburt to seihn kriggt, wennehr he denn wuschen un ofnabelt is, de Bost van sien Moder is. Un wennehr dat all good lopen deiht, dann kummt dor ok dat rut, wat de neie Ardenbörger bruken deit: Melk. Un dann noch de warme un good rukende Huut, wat will en junge Mann mehr?
Dorüm, seggt Pease, is dat normal, dat ok de groden Jungs bostfixiert sünd. Dorüm dürt en Frau ok nich düll mit ehr Mann wesen, wennehr he sick to'n Bispöl bi en Spazeergang heel unbewusst no en Frau ümkieken un up ehr Bosten luren deiht. Dat is nich slimm, dann vergliekt he dat bloots mit de Bosten van sien Moder, nich mit de van sien egen Frau. Un en Mann kiekt sick faker no Frauenslü üm, wiel he jümmers up de Söke no de perfekte Bost is. Dorüm is dat ok wichtig, dat up disse grode Welt de Form un de Grötte van weibliche Bosten unnerschiedlik sünd.
Un dor fangt nu dat Problem an. Denn to Wiehnachten, Johrdag, Hochtiedsdag of Valentinsdag worden statt Blomen, Schokolaad, en Reise of

Smuck jümmers mehr neie Bosten verschenkt. Nich, dat ick dat slimm find, so is dat nich, hett ok nix mit Moral to doon, of de Tatsache, dat man sick en Fremdkörper inplanten latt, nee! De Bosten seiht jümmers lieker ut. De Standardbost ut de Katalog. O.k. Bi de Grötte sünd dor noch Unnerschiede, avers bi de Form sünd se bold all liek. Dor kannst du as Mann gar nich mehr en Wertung ofgeven. De lieke Bosten maken ok de Frauen jümmers lieker. Bi de Amerikanerinnen is dat al so wiet, dat sick all de jungen Wichters mit 14 of 15 Johren nich bloots neie Bosten, ok neie Nösen, Lippen un Hintern wünschen. Een Trend, de bi de een of anner nich good ankomen deiht.

De Talkmasterin Oprah Winfrey harr de engelsche Schauspölerin Kate Winslet as Gast. No en paar Minuten kaam se ok up Schönheitchirurgie un wat Kate harr maken loten. Un, Kate Winslet hett nix maken loten. Dor kaam Oprah in't swarmen. „Ick liev dat, dat in diene Nacktszenen echte Bosten to seihn sünd. Wennehr du up de Rüch liggst, dann fallt diene Bosten up de Siete. De nomakten, de stohnt bloots piel in de Gegend rüm. Gott schall up diene Bosten upassen."

Wat för en Enthusiasmus, wat grode Worden. Villicht is so wat jo en Apell an all de Frauen, de doröver nodenken, ehr Bosten maken to laten. Laten se dat blieven, dann kieken ok wedder mehr Mannslü mit echte Bewunnerung up echte Bosten.

DAT RÄTSEL VAN DAT SWEDISCHE MÖBELHUUS

„Wi bruken neie Möbels", hett mien Frau seggt. Kennen ji seker ok? Johrelang hett dat mit de Möbels so hinhaut un du büst blied, dat dat een of anner Stück de Chance kriggt, Patina antosetten.
Un plötzlich, quasi ut de Hüfte van dien Frau, de Spröök, mit de du nich reken deihst. „Wi bruken neie Möbels!"
O.k., denkst du di, well dat mit veel Druck verkünd, de hett dor en Grund för. Un so was dat dann ok. Bi uns lesde Inladen bi Frünnen is mi upfallen, dat de Frauenslü dör de een of anner Kamer gungen. „Kiek mal hier, uns neie Lampe, un disse Ecke van de Köken hebben wi nu ok mit en lüttje Schapp sloten."
Bi de annern was dat en neie Regal un bi de darden en neie Sofa ut Ledder, wor du fein up liggen kannst, in bruun, Trendcloer. Jo, dat is as en Reflex. Mien Frau is dann leep kritisch dör uns Huus gahn un hett dann verkünd: „Wi bruken neie Möbels. De Köken maakt so'n blasset Gesicht, de Teppich in'n Flur is ok al leep schunnen un so'n neie Spegel in'n Flur, dormit kannst di beter van boben bit unnen bekieken, of de Mantel ok to de Schohen passt."
Dat sünd feminine Argumente, de du di nich versluten kannst un ok nich schalls. Dat is beter för dat Familienklima.
Un wiel de hele Familie mitschöll, sünd wi dann tosomen no en swedischet Möbelhuus no Holland

henföhrt. Dat hett twee Grünnen. Erstens: Dat is dat nächste van tohuus un dor sünd de Möbels faker billiger as in Düütschland. Mien Söhn harr nich so de richtige Lüst, avers dat nützt hum nix. Mit 16 is he man bloots al to old, üm dat we hum in't Kinnerparadies ofgeven kunnen. Ick heff hum dann Hotdogs versproken. De givt dat jümmers an de End van de Inkoperei. Wi harrn uns ok al'n Liste maakt, wat mien Frau lieden mach, ick betahlen kann un mien Söhn tosomen mit mi slepen schull. Ick moot seggen, mien Frau hett en goden Gesmack. De Spegel was drock funnen, de Teppich för de Flur harrn se sogar in de richtige Länge un ok dat Verhanneln mit de Lü in de Kökenafteilung hett Spaaß maakt. No so rund twee Stünnen in dat blau-gele Huus dochen mien Söhn un ick, dat hett klappt, nix wie of no de Hotdogs. Fleitjepiepen! Genau in disse Moment sett dat Phänomen in, disse unlöste Rätsel in genau disse Möbelhuus. Du süchst all de Frauen, de nu anfangen, noch in de Kinnerabteilung to kieken. Ick fröch mi mit Sweit vör't Kopp, of se swanger is. To'n Glück nich, avers de Soken sünd doch so nüddelik. Dann dör de Badezimmerpassage direkt no dat Tobehör för de Köken un de darde Kaffemaschien köfft. Wennehr du dann an de Kass komen deihst, hest du dien vördem utrekend Büdjet al verdüppelt. Un dat is för mi dat allergröttsde Rätsel an disse Möbelhuus: Selvs wennehr du di vörnohmen hest, bloots een Tüüt mit Teelichters för 3 Euro to kopen, an'n End hest du jümmers Soken för 100 in dien Wagen.

GEIHT HE OF STEIHT HE?

Dat was de Fraag, de ick annerlesdens to beantworden harr, bi de Ieswette an de Dümmer, een See in de Nöchte van Osnabrück in Neddersassen. Dor was ick de Ehrengast, de tosomen mit en Notar to kieken harr, of de Dümmer fließen deiht of dor Ies up is un he steiht. Ick was blied, dat he stünn! Also, de Dümmer, meen ick.
As ick mien Söhn vertellt hebb, dat ick dorhen mööt, hett he mi eerstmal no de Översetten van „Geiht he, of steiht he?“ fraagt.
„Na“, hebb ick seggt, „geht er, oder steht er?“
Dor hett he sick dootlacht un seggt, dat man en Mann so wat nich fragen kann. Ick hebb dat toeerst gar nich kapeert, wat he dormit meende. Avers dann kaam de Erleuchtung. Steiht he of geiht he? Dann hett he dat noch wieder spunnen: „Toeerst steiht he un later dann geiht he! Is doch klaar, Papa!“ Un lacht sick doot!
Ick hebb bloots dacht: Dat sünd de Hormone. Ick möss ok lachen un hebb dor mal över nodacht: Ies, Snaps, Gröönkohl, Pinkel, Dümmer, disse Worden sünd doch SEX pur. Dor drüpp de Erotik doch ut elke Silbe, dor knistert dat doch al bit Utproten. Un so wiet wech sünd de unsittliche Gedanken gar nich.
As ick höört hebb, dat dat bi de Ieswette ok lecker Gröönkohl givt, dor hebb ick mal en beten googelt. Eerstmal steiht dor bloots: Gröönkohl. Avers dann. De latinske Noom för Gröönkohl hett Rasse, de

höört sick no Latin Lover an of no de Boss van en sizilianische Mafiafamilie: BRASSICA OLERACEA.
Dat is Leidenschopp puur, is Gefohr, is Bluutrausch. Dor spürst du, wat in Gröönkohl an Energie stecken deiht: Vitamin C, D, E, Iesen un JOD S 11 in elke Blättken. Gröönkohl: dat VIAGRA van de Ostfresen. Wenn du so en Gröönkohlblatt no de erste Frost pressen deihst, in so lüttje Vierecke, se dann noch in Zellophan insweiten deihst, dann bruukst du kien gehobelt Nashornmehl mehr up dien Pizza, üm scharp to worden. Dor givt dat gar nix to lachen. Ick will di wall seihn, wann man di fraagt, wor en Viagra van binnen utsücht, un du dat nich weetst. Dann kummt as Antwoort: „Bruukst du ok al ne Ganze, wa!"
Avers egaal, dor mutt man dann jo ok nich wieder up rumrieden. Avers so wiet af dorvan is dat nich. Wenn du een of twee Sieten wieder googelst bi Gröönkohl, dann kummst du up de Siete RATGEBER GRÜNKOHL, de wichtigsten Fragen rund üm de ostfreeske Palme. Un noch bevör du to de Inhalt kummst, steiht up de rechte Siete: Rauscht der Sex an Ihnen vorbei: Jeder 5. Mann kommt zu früh! Mal eben tellen. Een, twee, dree … Nee, dat loten wi nu mal. Also, hett dat doch wat mit Lievde to doon. Avers, wat up disse Siete fraagt word, is mi sowat van fremd. Ton'n Biespöl: Wat kann een tegen de Gelege van de witte Fliege an de Gröönkohlblätter doon? Hebb ick noch noit nich sehn! Avers o.k., mien Tipp: Mitkoken, dann smeckt de

Gröönkohl nich so leep vegetarisch. Un Flegen ergänzt de Pinkel mit önlik Eiwitt. Un dann was ick al bold van de Stännerstütze dör Gröönkohl wech wesen, dor bün ick doch över dat Woord Pinkel stolpert. Dat is kien Witz, well ut den Norden kummt, de weet, dat de Pinkel to de Gröönkohl dorto hööt.

Ick hebb annerlesdens Besöök ut Swaben hett, Se weten doch, dat is dat Volk, wat vörgivt, allens to könen, bloots kien Hochdüütsch. „Wat givt denn vanavend to eten?“, was de Fraag. Nee, de Fraag was: „Hajo, was gibsch denn ze esse?“

Ick segg: „Gröönkohl mit Pinkel un Speck!“

„Ih, wat is denn Pinkel?“

Ick segg: „Dat is sowat as Saumagen bloots in’n Enddarm van’n Swien!“

De Besöök was nu beunruhigt. Dor möss ick al wedder an de Computer un googeln. Bi Wikipedia stunn: „Pinkel, plattdeutsch für Mastdarm, ostfriesisch von pink, kleiner Finger.“ Dor harr ick dat nächste Problem. De Besöök funn „Mastdarm“ nich good un lüttje Finger ok nich. Of wi en Volk van Barbaren sünd, hett he fraagt!

Ick harr hum dat nich seggen schuld. Ick hebb hum dat dann verklaart. „In de kolle Johrestied moot de Norddütsche wat deftig eten. Un wiel wi as Naturburschen un Wichters in’n Winter wat up de Rippen bruken, maken wi to de Vitamin-C-Bombe van Gröönkohl eben en Bült Fleisk dorto.

Dorvan kummt ok de Spröök: FLEISSK IS MIEN GEMÜÜS!! Un Pinkel heet dat, wiel ut de Wost no dat Rökern un Uphangen noch Fett drüpp! Un en PINKELTOUR van Mannslü meent nich, dat dor en Bült van inkontinente olle Grieskoppe to'n gemeinsamen Pinkeln no de nächste öffentliche Toilette in't Dörp ünnerwegens sünd. En Pinkeltour is en gemeinsame Fahrt, faker ok mit Bosseln, wo an de End no teihn Kilometers Lopen, Kugelsmieten un de een of anner Snaps, Gröönkohleten anliggt. O.k., dor is al mal een, de dat mit de Alkohol överdrieven deiht un sick in de Boßeltied an de Stratenrand stellt un en Boom wat van siene flüssige Wärme ofgeven deiht. Dann was dat for hum en Pinkeltour, avers dat rächt sick. Latest wenn he mit besopen Kopp ut de Kölle in de warme Kneipe kummt, steiht dor en lüttje Männeken mit so en grode Kasperlatte un haut hum so en vör't Kopp, dat he van een Sekunde up de anner besopen is."

„Komische Sitten", segg mien Fründ ut Süüddüütschland.

„Avers dat maakt mehr Spaaß, as to Stuttgart tegen Bayern in't Stadion to gahn", hebb ick seggt.

Nu harrn wi dat jo ok klärt. So leep beruhigt was he noch nich. Wat denn in so'n Pinkel binnen sitten deiht, wull he weten. Dat wüss ik nu ok. Speck, Grütt van Hafer of Gaste, Kohtalg, Swienesmalt, Siepels, Salt, Peper un geheime Gewürze. Un dat smeckt? Jo, dat smeckt lecker! Dat givt dat al siet en paar hunnert Johr hier. As he en beten an twiefeln was, hebb ick hum dann noch en beten ut de ostfreeske Mythologie vertellt. De Ostfresen hem nich bloots

an de afrodisierende Wirkung van Gröönkohl glöövt, dor was noch mehr an Kräfte binnen.
De Ostfresen glövten noch een Johrhunnert torüch, dat wennehr du Gröönkohl klaust, dat du dormit bloots över de Rüch van en lahmende Swien of Peerd strieken moost, dann word dat wedder gesund. Dorüm givt in de Region ok vandaach noch en Bült Heilers un Knokenbrekers.
Also, wenn du di to'n Biespöl bi Tamme Hanken ut Filsum up de Bank leggen deihst un he geiht di mit so en Büschel Gröönkohl över dien bestet Stück, dann is he nich mehr lahm. Dat givt hier nu kieneen to, dat dat bi hum so is, avers latest, wenn dien Frau in den nächste Dagen seggt: „Will'n wi nich mal en Utfloog no Filsum maken", dann is wat in diene Ehe nich in Ordnung, tominst, wat de intensive Körperkontakt bedrepen deiht. Dann doch beter Gröönkohl eten.
Unner disse Gesichtspunkt hebb ick mi dann ok mal ankeken, well denn bi dat „Original deftig Ollenborger Gröönkohleten" all König worden is. De olle Bunneskanzler Helmut Kohl, alleen al wegen de Noom, de Ministers för Landwirtschupp Ignaz Kiechle un Kalli Funke, de Ministerpräsidenten van Neddersassen, Ernst Albrecht of Christian Wulff un in een van de lesde Johren, uns neie Minister för't Butenland, Guido Westerwelle. Doch in dat Johr, wor Guido dat worden is, dor moot de Gröönkohl ton min Frost kregen hebben. Bi all anner hett dat mit de potenzsteigernde Wirkung van Gröönkohl klappt, all hebbens Kinner kregen, bloots

Guido nich. Villicht was dat jo ok een Grund, worüm se in't lesde Johr en Frau nohmen hebben, de nich in de Verdacht steiht, en Sexbombe to wesen of werden to wullen. De Ministerin för Bildung un Forschung, Annette Schavan.
So en Gröönkohleten hett also ok gesellschapplike Wichtigkeit.
Also, munter blieben un lecker Gröönkohl eten!

KOMPLIMENTEN SÜND NICH LICHT

„Diene blaue Ogen passen so moi to mien Koppkissen!“ Boh, is dat slecht! De Mann, de mit disse Art, en Frau antomaken versöcht, hett al verloren. Avers wor geiht dat richtig? Komplimenten to maken, is nich licht. Besünners vandaach is dat noch sworer as fröher. De meesten willen bloots cool wesen un en goden Spröök ruthauen. Dormit beindrucken se avers normalerwies nich dat Tegenöver. Un cool un Komplimenten passen nich tosomen. Un bold kieneen weet mehr, wor Komplimenten herkomen. Wissenschaftlers seggen, dat se besünners in't 18. Johrhunnert modern wassen. Dat was en heel normale Art, sick mit anner Lü to unnerhallen.

En Kompliment was en söte Praline in Worden packt. Damals harr man noch Tied, sick üm dat Wesen van anner Minsken to kümmern un de inneren Werte to erkennen. Un so en good maakt Kompliment was en Visitenkaart van en Person. Well so wat kunn, de was in de Gesellschopp good ansehn. Wennehr en Mann of en Frau vandaach Söötholt rasplet, dann fraagt sick dat Tegenöver eerstmal, wat he of se dormit erreichen will. Wichters un Mannslü maken, un dat wüsst ick ok nich, Komplimente to lieke Delen. De Unnerscheed is man, dat Frauen faker anner Frauen wat to seggen hebben. Dorbi geiht dat meist üm de Klamotten, de Klöör van dat Haar of de Figur. Mannslü maken dat över Footballers of en Job, de en anner Kolleeg

good henkregen hett. Swierig word dat tüschen Mannslü un Frauen.
Uppassen is anseggt. Eerstmal maakt en olleder Kerl en junget Wicht kien Kompliment as: „Dien Haar glänzt so moi in't Mondlicht un diene Lippen sünd so full as en Glas rode Wien!"
Dann kann de Mann snell as lüstern instuft worden. Un dat kummt ok jümmers up de Woortwahl an: „Vandach süchst du sexy ut!"
De Tegenfraag van de Frau is dann: „An de anner Dagen nich of wat?"
Richtig is: „Vandaach süchst du besünners sexy ut!"
Dann weet de Frau, dat se an de anner Dagen avers ok sexy röverkomen deiht. Also, genau uppassen, wat du seggen deihst un an well du dat Kompliment richten deihst. En paar slechte Bispöle sünd: „Dien Vader is en Dieb. He hett de Sternen van de Himmel klaut un se di in de Ogen streiht", of, „dien söte Moors wull ick wall geern in de Sportsitze van mien Porsche klemmen." Of, „du büst so sööt, dör diene Adern moot Zucker lopen."
Vandaach sünd Komplimenten eher mit en Lob to verglieken, seggen de Wissenschaftlers. En Nettigkeit, de dat Tegenöver en goded Geföhl givt.
Dann man ran un de richtigen Worden söken un bloots nich överdrieven!

PROBEERDAGEN, OF DE FREET-WAHN AN'N SATERDACH

Wennehr du denkst, dat de Slussverkoop in en Boutique of Klamottenladen al de Wahnsinn is, dann hest du di verdaan. De Wahnsinn fangt dann an, wennehr dat in de Supermarkt van dien Vertrauen PROBEERDAGEN givt. Dat is de echte Wahnsinn. Toeerst markt man de Lü dat jo gar nich an. Up de Parkplatz ward noch moi inparkt, de Döre van de Karre dicht sloten, ut den Kufferruhm de ümweltfründlicke Jutetaske ruthaalt un för een Euro en Schuuvkörv utlennt. Noch eenmal no links un rechts kieken, of dor nich noch en Nobar is, mit de man klönen kann.
Avers latest, wennehr du mit dien Wagen dör de Schranke in den Supermarkt föhrt büst, dann geiht se los, de Schuuvkörvralley up de Soken, de utnohmswies mal nix kosten. Toeerst in en Linkskurv up de Köhltheken to. De Frau, de dor stunn, was so fründlik as dat Ies ut de Köhlschapp, vör de se stunn. Bi ehr gav dat Heringsröllken mit Parmesan füllt. Disse italienske Käs is nich wat för elk un een. De Gesichter van de Gourmets sögen ut, as of se in en suur Appel beten harrn. Avers umsüss is umsüss, also rin dormit in de Figur. Een was dorbi, de hett de Rollmops utrullt un de Käs bi sien Frau in de Taske stoppt. En Leckerli för ünnerwegens. So'n Misschlag bloots, dat harr nu de Heringswerbemuus mitkregen. Un dat was ehr düdelik antomarken, dat ehr dat nich smuck. Mit inknepen

Swanz möök sick dann de Käsverachter up de Wech to de nächste Probeerstand. Un dorvan givt dat an so en Probeerdach jo en groten Bült. Liek üm de Eck gav dat Knabberkraam. Un en leep bekannde Firma för Chips, Flips un Studentenfutter harr en neie Art van Ardnussspezialität rutbracht. Nich Flips normal, nee, disse Flips sögen ut, as wenn se dör de Fleiskwulff dreiht worrn wassen. So as Spätzle ut den Süden bloots mit Gesmack. Un de Hannen van de Inkopers jümmers rin in de grote Pott. De Frau kaam gar nich mehr no, de Tuten uptorieten un notofüllen. Dat was Gier, wat du dor seihn kunnst.
Dann gav dat noch Probeerstänne mit neie Sorten van Mostard, Wien, Cola, Salami, Brühe, Joghurt, Schokolaad un so wieder. Un wenn wat smöck, dann jümmers all dör't Halsgatt in de probeerdagenerprobte Magen.
As ick dann avers mit mien normale Inkoop wedder to mien Auto torüchkaam, was för mi klaar, dat de een of anner dat Dörnannerkauen un -slucken nich good doon hett. Du kunnst up en Distanz van 20 Meter de Mageninhalt rebelleren höörn. Ick will nich weten, wo veel dorvan bi de Rückfahrt no Huus in den Innenruum van de poleerde Karossen land is.
No, denn man goden Appetit!

DE DIEB UP DE SPUR

As ick so söben of acht Johr old was, dor was villicht wat los in uns Dörp. Normalerwies was jo nix los in't Dörp. Eenmal in't Johr Schützenfest, eenmal Karmse, eenmal Arntedank. De Minsken gungen ehr Arbeit no, de Kinner gunnen no de School un de Ollen saten up en Bank vör de Döre in de Sünn un keken to, well dor so vörbiföhrde. De Lü wassen fründlik toeenanner. Wennehr de een Helpe brukte, kreeg he se van de Nobars un hölp de Nobars, wennehr se en helpende Hand of twee brukten.
Een van de ollerden Lü in't Dörp was Tant Harbers. Se harr ehr Mann dör en Autounfall verloren. Ehr Huus stunn vör en lüttje Waldstück midden in't Dörp. Dat Huus was lüttjet, in de Garden wussen Kohl, Woddels, Salat, Kartuffeln un Petersilie.
De Upregung kaam in't Dörp, as Oma Harbers an en Vörmiddach in de Tante-Emma-Laden un unner Dranen vertellde, dat en Inbreker ehr dat ganze Ersparde klaut hett. He harr an de Döre klingelt, harr sick as Vertreder för Stoffsaugers utgeven. En Kuffer harr he dorbi, dor was bloots kien Gerät binnen.
Dorhin harr he en Pistole verstoppt. De hett he dann Tant Harbers vör de Bost holen un dat Geld verlangt. Tant Harbers hett hum dat geven. Dorno hett he ehr seggt, se schall sick still hallen un teihn Minüten wachten. Dann was he ofhaut.
In de Laden harrn se dann de Polizei ropen. To de lieke Tied, as de Polizei ut Meppen kaam, wassen

wi Kinners up de Wech van de School no Huus. Över de olle Bahndamm gungen wi plappernd vör uns hen. Up eenmal kreech ick en Blinken in mien Ogenwinkel. Ick hebb mi bückt un harr en blicken Döös in de Hand. As wi nu an de Laden vörbikamen, stunn dor Tant Harbers mit de Polizei. Polizei was so selten in't Dörp, dat wi dorhen gungen. As Tant Harbers de Döös seh, föll se bold in Ohnmacht. In de Döös was dat Geld inwesen. De Dieb harr dat rutnohmen un an de Bahndamm wegsmeten. Wi Kinners mösden en Protokoll maken un kregen dann van Tant Harbers een Mark as Belohnung. Dormit kunnen wi uns dann in de Laden Slickersaken kopen. Ick was damals so upgeregt un harr so grode Angst, dat de Dieb dat mitkriegen kunn, dat ick de Döös funnen harr, dat ick gar nix runner kreech.
De Dieb hett man nie snappt.

URLAUB UP DEN BUURNHOFF

As lüttje Büdel was ick fakeder bi mien Tante un Unkel up Urlaub. Damals wüss ick noch gar nich, wat Urlaub was. Ick was twee Weken nich tohuus un was geern up den Buurnhoff van Tante Agnes un Unkel Werner in Lehrte bi Haselünne in't Emsland. Vandach heet sowat wall Urlaub up den Buurnhoff un moot düür betahlt worden. De Hoff was en Buurnhoff, wor du noch en paar verscheden Gattungen van Deeren finnen kunnst. Nich so as in disse Tieden, wor en Buur Keihe hett, bloots Keihe, of Swiene un bloots Swiene, of Puten un bloots Puten un anners nix. Villicht noch een Hund of een Katte. Unkel Werner harr se all. Bold as wennehr he sick up de grode Flut vörbereiden mösde. So as „Noah van't Emsland", de van elke Gattung en Paar mit an Bord nehmen schall. Unkel Werner harr Swiene, Keihe, Gosen, Kanickel un twee Peerde. Dorto noch Höhner, en paar Katten, seker wegen de Musen un een Hund. So as man sick en goden Buurnhoff vörstellen deiht, of as he in de Kinnerbökers as „Michel van Lönneberga" beschreven word.

De Weg van mien Heimatdörp Bokeloh was sess Kilometer van Lehrte wech. De Dagen bevör ick to mien Tante un Unkel un mien leevste Cousine Elisabeth föhrde, was ick al bannig upgerecht. Dat was nich so, dat ick dat tohuus nich good funn, nee, so was dat nich. Man up en Buurnhoff givt dat jümmers wat to beleven. Tosomen mit mien Moder hebb ick de brune Taske packt. Unnerbüxen un Hemden, T-Shirts, Jeansbüxen, miene Gummistefels un en Jacke. Mien Rad was en rodet Rixe, mit witte Striepen. Up elke Siete van de Lenker hungen bunte Bommels ut Gummi runner. To Wiehnachten harr ick en Tacho schunken kregen. In de Narben van dat Rad lepen bunte Bössels mit. An de Gepäckdragers harr ick twee Tasken anbracht. Up de een Siete hebb ick en paar Bökers un Comics inpackt, up de anner Siete miene Sportschohen. No dat Fröhstück was dann Tied, Tschüss to seggen.

Ick möök mi up den Weg. Rut ut de mi so vertraude Straat, bi Bruns vörbi, uns Tante-Emma-Laden. Dorno an dat Pfarramt un de dusendjahrige Kark vörbi, över de Hasebrügg un dann dör en lang Allee no Kamphusen up. In dat Dörp gav dat graad mal fiev Husen. Een halve Stunn later kaam ick de Straate to mien Unkel un Tante rup. Dat Wohnhuus kunn man nich seihn. Direkt an de Straate harrn de Öllern van mien Unkel en Müür ut Natursteene baut. Mit de Johren was dorup un dorachter en lüttje Wald wussen. Mit mien Rad kaam ick dann de Wech hoch. Dann stunn ick direkt vör dat grode Tor. Sömmerdachs was dat jümmers halv open un dör mien lüttje Nöös kunn ick al de Keihe ruken. Dat was de Moment, in de mien Hart en Purzelboom möök. Dat was pure Freide. Dat Rixe-Rad an de Müür stellt, nöhm ick de för mi sware Taske, gung un leep halv över de Deele. Dor stunnen de Keihe, de bit vandaach miene Lieblingsdeeren sünd. Damals harrn se ok noch

Hörners. De Ketten van dat Geschirr wassen an't Klappern un Klingeln, de Steerten flögen hin un her un de Flegen wassen up de Flucht.

Jo, hier bün ick ok tohuus, dat hebb ick föhlt. Mit en ludet „Ick bün dor!“ smeet ick de Taske in de Eck van de Köken un sprüng mien Tante an de Hals. Miene beiden Cousins wassen up dat Feld, Elisabeth was eben to de Kramer föhrt un miene beiden anner Cousinen wassen bi Fründinnen. Eerstmal gav dat to dat Begröten en grodet Glas mit Zitronensprudel. Dann gung ick mit mien Tante in de Slaapkamer van miene Cousine. De Klamotten kamen över de Lehne van de Stohl. Dorno möss ick eerstmal över de Hoff gahn, dör all Stallen dör, elke Höhn en goden Dach wünsken un de Peerde up de Koppel striekeln. As Elisabeth dann no Huus kaam, was dat en grode Hallo. Mit ehr was dat jümmers so moi. Se was dree Johr olleder as mi, avers mit ehr kunnst du Peerde klauen. An disse Dach was eerstmal entspannen anseggt. Borfoot över de Wisken lopen, mit dat Rad dör't Dörp föhrn. För teihn Pennig en Wateries mit Waldmestergesmack kopen. Dat was so gröön, dor moot ok en beten wat Chemie binnen west hebben. Dorno dör dat Roggenfeld vör dat Huus van mien Verwandten un sick de Halme dör de Fingers glieden laten.

Natuur puur un en Glücksgeföhl, dat ick vandaach noch in mi hebb.

Abends was dann de hele Familie tosomen. Ok wennehr ick all in mien Hart insloten harr, Elisabeth was mi de Leevste. Wi harrn an de Disk jümmers wat to lachen. Un dat gav ok jümmers wat neiet to eten. Mien Unkel to'n Bispöl harr in een Johr plötzlik Käs mit Tomaten in siene Speiskaart upnohmen. Un de Tomaten wassen ut de egen Tuun. Ick kann bold swörn, dat ick in mien Leven nienich mehr so wat Leckert eten hebb. Moi mit Salt un Peper dorup. Of Leverwost mit egen Gurken. Noit möch ick dat, man bi miene Tante un mien Unkel was dat as en Delikatesse. De erste Nacht was jümmers kört. An Slapen was nich to denken. Ick harr mi so veel mit miene Cousine to vertellen. Eerst, as wi beide de Ogen nich mehr uphollen kunnen, kaam dat Sandmännken un Arm in Arm slöpen wi in.

Sömmerdachs stunnen de Keihe nich in de Stall, in't Sömmer wassen se twee Kilometers wiet wech up en Wiske mit en lüttje Stall dorbi. Up Meske heet dat dor. Un elke Mörgen un elke Avend mösde mien Tante of mien Unkel mit Rad of mit Trecker dorhen föhren, üm de Deeren to melken. Mörgens was för mi to frauh, ok wenn ick as Kind nich so lang slapen hebb, as ick dat vandaach geern mach. Ick bün jümmers an'n Nomiddag mitföhrt. Tante Agnes harr ehr Melkkittel an un Gummistefels an de Foten. Twee Melkbumkes an de Lenker van't Rad un mi as Quasselstripp jümmers an de Siete. Ok mien leevste Cousine Elisabeth was dorbi.

Toeerst mössen wi de Keihe no de Melkstation drieven. In de Tied, in de Tante Agnes de Keihe mölk, saten Elisabeth un ick an de lüttje Bach un fungen Kaulquappen, keken Snecken bi't Knabbern van Löwenzahn to un hebben rutfunnen, wo lang dat dürt, bit man en Pusteblom leegpust hett. Dann gung Elisabeth to ehr Moder un ick was noch en beten an drömen. As ick murken hebb, dat mien Cousine wech was, leep ick drock achter ehr an. In de Moment, as ick üm de Eck van de Melkkamer kaam, was miene Tante dorbi, de Melkemmer uttowasken. Se swung de Emmer hin un her un mit Swung wull se de Inhalt up de Wiske utschütten. Doch midden in de Döre stunn „Lüttje Ludger". As dat nich anners kunn, kreeg ick de hele Melk-Water-Mischung an de Kopp. Dat witte Water leep an mi runner un överall hen. Unner mien Hemd, in mien Büx un Unnerbüx bit no de nackten Foten hen. To'n Glück was dat sömmerdachs. Dröch was ick bold wedder. Dat Enzige, wat mi stören dee, was de Röök van de dröge Melk. Dat „Eau de Koh" hebb ick mi avends wedder runner wuschen. Nich dat erste Malheur un nich dat lesde, wat ick in mien Urlaub up de Buurnhoff beleevt hebb.

De nächste Dach was dat al wedder vergeten. Mit neie Klamotten an nöhm mien Unkel uns mit up dat sneden Feld. Mit en Strohpresse achter de Trecker un en Wagen achter de Strohpresse gung dat över dat Stoppelfeld. Ick weet nich worüm, man ick hebb vandaach dat Geföhl, dat de Sömmertied damals veel heter was, as se dat vandaach is. Un dat was en Stuff, de bi dat Pressen van de Ballen dör de Luft flöch. De Wetenschapp seggt jo, dat de Röken, de man as Kind in de Nöös kregen deiht, in

dat Hirn ofleggt worden. So as wenn een dat up en Computer ofspeichert. Un dorvan hebb ick bit vandaach en helen Bült. Uns Upgaav was, de Strohballen uptopacken. Un dat was en Wettbewerb. Well kann de Wagen an höchsten stapeln? Wi wassen good, man de groden Cousins wassen beter, se wassen jo ok ölleder. Ick weet noch, dat se sünner T-Shirt up den Wagen stunnen un de Ballen in en Geswindigkeit upstapelt hebbt, as wenn se dor Geld för kregen. Mehr as twentich Lagen gung avers nich, anners wassen se bi de Transport no de Heuschober hen eenfach runnerfallen.
Wennehr dat Stroh dann unner Dack was, hebben Elisabeth un ick un en paar anner Kinner ut dat Dörp so wat as „Jenga“ spölt. Jümmers een Ballen no de anner ut de Stapels nohmen un de Bült van binnen uthöhlt. No een Stünn harrn wi dann en egen Höhle. Geheim un ok gefährlik. Man dat wüssen wi damals nich. Wi sünd mit Taskenlampen rinkrabbelt un hebben een Ballen as en Döre in dat Ingangslock pult. Boben harrn wi een Luftlock loten, dormit wi nich ersticken. Wi harrn ok noch Brote un Melk mitnohmen un hebben so en Art Picknick maakt un uns Witze vertellt. So as: Dor lopen twee Nullen dör de Wüst. Dorbi drepen se en Acht. Seggt de ene Null to de anner Null, so heet un dann noch en Gürtel üm! Wi kunnen doröver lachen.
An en anner Dach hebben wi Portemonnaietrecken maakt. Dat kennt Se nich? Dat is ganz licht. Du nüms en allet Portemonnaie un en Silkfaden ut

de Angelkist. Dann maakst du de Faden an de Börs fast. Elk un een, de up de Straate en Geldbüddel sücht, de halt an un bückt sick dorno.
Also, nix as achter de Hecke leggen, dat Portemonnaie up de Straate, de Faden dör dat Buschwark trecken un wachten. Dat durt nich lang un en Radfahrer kummt mit sien Rad an de Börs vörbi, sücht se un geiht full in de Brems.
Elisabeth un mi gung bi sowat önnlik de Puls. Up kienen Fall de Moment verpassen. De Radfohrer schuuvt sick up sien Rad in Richtung Portemonaie un gripp dorno. In den Moment, in de he togriepen will, moost du an de Faden trecken un de Büddel dör de Hecke to di hen trecken. Wichtig is, dat du de Moment nich verpassen deihst, in de de dülle Radfahrer achter di an will. Avers Elisabeth un ick wassen drocker. De Been in de Hand nohmen un dör de Kohstall up de Heiboden. Dor kunn uns kieneen finnen.
Wennehr ick dann avends fix un foxi to Bett gung, harr ick jümmers en Grienen in't Gesicht. Af un an kaam dat vör, dat ick to veel drunken harr. Dann bün ich nachens wacker worden un mösde no de Toilette hen. De Slaapkamer van Elisabeth was avers dichter an dat Plumpsklo.
Mutproben kunn ick mit Frünnen jümmers good henkriegen. Puh, dat was en Överwinnen. Avers ick wull nich quer dör dat hele Huus lopen. Also, Puschen an un los. De Treppe runner, dör de Kökendöör, dree Stufen runner. Tüschen de Keihe was dat Plumpsklo. De Döör was leep smal un hoch.

De Luchtschalter was för mi bannig hoch anbracht. Ick mösde springen, üm dor rantokomen. För mi lech en leep lange Gang. Bit to de Midde van de Wand was en Striepentapet anbracht, doröver was dat witt kalkt. Dat Klo was tominst dusend Meter wiet wech. So kaam mi dat vör. De Funzel över de holten Deckel harr seker bloots teihn Watt un möök dor en dicke Stuffschicht en besünner Lucht. Eenmal döratmen un dann losgahn. Dor ankomen, de Deckel hoch nehmen. Ick kunn mi dat doch verkniepen un mösde in dat dunkle Lock ropen. Nu kaam de gefahrliksde Moment van de heel Sook. De lüttje Moors up de Rand setten, mit beid Hannen fasthallen un bloots nich loslaten. De Döre an dat End van de dusend Meter lange Gang möök af un an Geräusche, as wenn de Dämonen de Klink drücken deen. Van unnen föhlde man jümmers so en Luftzoch. As wenn dor unnen en Ventilator anbracht weer. Wedder torüch in mien Bett, was ick blied, dat ick dat schafft hebb. Vandaach givt dat disse Plumpsklo nich mehr.
Vandaach weet ick avers ok, dat dor kiene Dämonen un kien Ventilator wesen sünd.
Af un an wassen wi up de Wisken unnerwegens un hebben för dat Eten an't Avend Champignons plückt. Jo, de gav dat noch. De wassen groot un de Körv harrn wi drock fullmaakt. In de Köken van miene Tante hebben wi se dann wuschen un bösselt. Dorno mit Smalt braden. Dat was en echte Delikatess. Dat Meiste, wat up de Tafel stunn, kaam van de egen Feller of van de egen Deeren. Dor wassen

Gurken, Tomaten, Botter, Melk, Wost, Käs, Marmelade un veel mehr. Un sömmerdachs gav dat Kassen van en groden Boom, de seker al 80 Johr old was. De Kassen wassen so grood as en lüttje Höhnerei, dunkelrood un so full van Gesmack, dat de Gesmackspapillen up de Tung explodeerden. Jümmers wenn wi de Kassen plückt harrn, saten wi in de Boom un hebben de Kerne runner spuckt. Damals hebb ick noch dacht, dat ut elke van disse Kerne een Boom wassen worde. Un dann hebb ick utrekend, dat Elisabeth un ick dörför sörcht hebben, dat helle Kinnergenerationen no uns, sick mit Kassen dooteten kunnen. Van de Kassen dür ick jümmers en groten Bült mit no Huus hen nehmen.
No disse Kassenfreten moot man bold seggen, harrn wi rode Lippen, rode Wangen, rode Hannen un ok en rodet Shirt. Dat Shirt kaam in de Maschien un ick kaam in dat grode Waschbecken. Ick was jo man so lüttjet un so dünn.
Een anner Mal harr ick dat noch nodiger, in dat Waschbecken to komen. Miene Tante hett jümmers seggt, dat ick Hummeln in'n Moors hebb. Ick kunn man slecht still sitten. Dat gung so wiet, dat ick as en lüttje Hund jümmers bi'n Spazeergang vör, torüch, links un rechts hen leep. Un ick hebb ok jümmers de Ecken snehn, so as en Autofohrer, de drock in en anner Straat inbiegen will. Up de grote Deele harrn mien Tante un mien Unkel en Oben stahn, de mit Ööl füttert worde. Un de Kann, in de dat Heizööl in was, de stunn tegen de Oben. In de Tied, in de ick in Ferien was, is nie wat pas-

seert. Ick bün jümmers üm de Kurv lopen un jümmers an de Kann vörbi. Bloots eenmal, dor was dat anners. Mien Moder harr mi en neie Pullover strickt, gröön mit brune Striepen. Nich dat ick de Pullover nich möch. Man an disse Dach kaam dat End van sien Leven. As ick mit mien Unkel to de Treckerschuppen hengung, he gung, ick leep wedder, harr een van miene Cousins de Kann mit dat Ööl wall nich an de Oben torüchstellt. Ick also wedder mit en Apentann üm de Eck weiht. Tolaat söch ick de Kann un kunn de Bremsung nich mehr inleiten. Mit en grode Rabbatz föll ick över de Kann un dat Ööl leep mi över de Kopp, de Hals un de Bost. As ick wedder stunn, stunk ick no Ööl as nix. Mien Unkel reet mi de Pullover van't Liev un smeet hum in de Eck. Dann kaam mien Tante, tröck mi de Rest van miene Klamotten ut un een Minüt later saat ick wedder in dat grode Waschbecken. De gröön-brune Pullover was man nich mehr to redden. Mien Unkel harr up de Wiske in't Feld vör dat Huus al ofsagt Asten to en Hopen torechtstapelt. Nu smeet he de öölsatte Pullover dorup un stoppte all tosomen mit en Striekholt an. In null komma nix stunn de Hopen in Flammen. So drock hebb ick dat noch nich sehn.
As ick dann wedder no Huus hen kaam, was mien Moder en beten düll, dat ick de Pullover nich wedder mit torüch brocht hebb. Man, Wulle harr se noch genoog. Dorüm hebb ick de sülvige Pullover noch mal kregen.
Ick was jo so blied!!

WENN DE MELKMANN TWEEMAL KLINGELT

Melk givt dat ut dat Tetra-Pack. Dat is so. Dat was avers nich jümmers so. Melk gav dat ut Buddels of van de Melkmann. Bi uns heede de Melkmann Theo. Theo kaam jümmers an'n Dönnerdachnomiddag mit sien witte Ford Transit. Vörn harr he en grode Klingel anbracht, an de Kühler, tüschen de Köhlrippen. He föhrde heel langsam dör uns Straate, de Heidering. De achtere Klappe was jümmers open. Dorin stunn sien hele Stolt. En Stahltank för en paar hunnert Liter Melk. Unnen was en Pump anbracht. An elke Dönnerdach was mien Moder al an't wachten. De Melk ut de Stahltank van Theo was so lecker as kien anner Melk. Mörgens noch ofhalt in de Molkerei van Meppen. Frischer geiht dat nich!

Mien Vader was en echte Melknöös. Avers ok wi Kinners möchten dat geern. Theo harr ok noch Bottermelk an Bord un later ok Joghurts mit de Gesmack van Kassen un Ardbeeren. In'n Sömmer gav dat dann kolle Bottermelk mit Zuckerbeschüt. As lüttje Büddel funn ick de Wagen van Theo jümmers wat heel besünners. De hele Dach Auto föhrn, dorbi noch Geld verdenen un wennehr een Döst hett, dann kunn man anhollen un sick unner der Melkhahn leggen.

Eenmal dür ick sogar mitföhrn. Wi harrn Ferien un ick hebb Theo fraagt, of ick ok mal een Runn mitföhrn könnde. Dat was kien Problem. Ick hebb de

hele Tour dör dat Dörp holpen. „Wor veel Melk dürt dann wehn?“
„Een halve Liter.“
Dann hebb ick de Melkbumkes nohmen, se unner de Hahn hollen, de Pumpslegel eenmal no links un eenmal no rechts henslahn un dann was een halve Liter zapft. As wi wedder in de Heidering ankamen, bün ick al vördem mit de Kann van miene Moder rutsprungen un hebb dat an de lesde Station för uns Huus fullmaakt un dann hett Theo sünner to klingeln, vör uns Döör Halt maakt.
Ick rut ut de Ford Transit un tweemal an de Döre klingelt. Mien Moder was bannig överrascht, dat ick ehr ditmal de Melk direkt in’t Huus brengen dee.
Vandaach givt dat Theo noch, avers he föhrt nich mehr mit sien Melkwagen dör uns Straat. Un so frisch as damals, kann een de Melk nich mehr kriegen.

VAN POMMES UN WHISKEY-COLA

Wenn't wat givt, woran sick en Emsländer freihen kann, dann is dat dat Schützenfest up't Dörp. Tominst hebb ick dat as Kind so kennen lehrt. Ick funn dat jümmers besünners, wennehr de Mannslü in gröne Uniformen bi een van uns Nobars de Schützenschiev an de Gebel van't Huus uphangen hebbt. Mit all wat dorto hören deiht. Grode Peerde mit Ornat, dorup de Offizeeren, een Musikzoch mit Lyra, Pauke un Trompeten un dann de Radetzkymarsch smettert. Damals hebb ick noch nich wüsst, dat man bi so en Parade normalerwiese nüchtern wehn moot. Avers wennehr de Schützenschiev uphangen word, dann hörden Sluck un Beer dorto. De Stimmung was up jeden Fall prächtig. As Kind wullt du dat natürlik nomaken. Un so hebben wi Jungs ut de Nobarschupp uns Asten van en Boom ofsneden un sünd achter de Truppe no de Schützplatz tomarscheert. Dat Schützenfest was damals nich grood in uns lüttje Dörp. Dor was een Kettenkarussell, een normalet Karussell, wennehr man Glück harr een Autoscooter, een Buud mit Slickerkraam, een Buud mit Spööltüch, een Scheetbuud, een Getränkewagen un een Wagen mit Pommes, Schaschlik un Braatwost. Mehr nich.
Ach jo, dat harr ick bold vergeten, dat Festzelt. Dor gung jümmers de Post of. De Schützenfestdagen in'n Juni wassen de meiste Tied hete Dagen. De Mannslü harrn no dat Marscheren un Afhalen van de König de grönen Jacken uttrocken. De Bü-

xen worden van gröne Drachseelen dragen un de bövesten twee of drei Knöpe wassen open. Mit en 0,2-Glas Beer in de Hand worden en Bült Leder sungen. De meesten van de Sorte, de vandaach in volkstümelke Hitparaden to höörn sünd. Damals kunn ick se noch all mitsingen. „Dat givt kien Beer up Hawaii“, „Hermann Löns, de Heide brannt“ un so wieder.

Wennehr dann de König un sien Hoffstaat no de Thron hengungen, dann stunn dat hele Dörp Spaleer. Un dann gungen in elke Stünn so twee of dree Gruppen ut dat Dörp no de Thron hen, bröchten Flasken mit Wien mit un kregen dorför Beer un Sluck utschunken. An'n nächsten Mörgen was dann dat Königsscheten. Vele van de Mannslü harrn dat nich schafft, nüchtern to wern, dat kunn een sehn. Bi uns worde de König noch richtig utschoten. Nix mit vördem al bestemmen, dat gav dat nich. Avers nich up en Adler, wi harrn en Schützenhall un de Schützen mösden de nächste König reell up Schieven utscheten. Un dat kunn duren. Avers dann was dat jümmers en grode Spektakel, wennehr de ene König de Kette de nächste König över de Hals hangen dee. Mit en Spektakel gung dat dann to de neie König no Huus un an'n Nomiddag saat he dann up de Thron. Wi Kinners hebbt uns dor nich lang mit uphollen. Wi harrn mehr Spaaß an Waffeln mit Schokolaad, an dat Föhrn mit de Autoscooter, of later ok an dat Scheten up rode Rosen an de Scheetstand. Ick kann mi noch good doran erinnern, dat in dat Johr, as Gunther Gabriel sien Hit „Komm unter meine Decke“ harr, dor ok lüttje Kissen an de Drahten hungen, up de disse Spröök ofbeld worden was. Dat was en Hit. An de Buud mit Spööltüch hebben wi Jungs uns bold elke Johr en neie Arvenpistol köfft. Un een of twee Büddel mit de silverne Kugels. Dann sünd wi jümmers mit „Peng! Peng!“ up de Lippen över de Platz rannt un hebben Cowboy spölt. Wennehr wi Döst harrn, dann gav dat to disse Festdach ok mal een Cola of een Fanta, of een Pommes. Wennehr dat all good lopen dee, dann ok mal all tosomen.

De Tied gung in't Land un wi sünd wassen. As junge Mannslü wassen wi dann ok avends noch up dat Fest. Cola gav dat jümmers noch. Man wennehr een cool was, un de Öllern dat ok erlöven deen, dann was dor ok noch Whiskey binnen. Dat Glas an de Jugendtheke för een Mark. Dor möss een avers good uppassen, dat een nich drock besopen wörde. Tominst in dat erste Johr is mi dat nich lungen. Ick hebb mi selten so malhörich föhlt. Avers dorno kunn een de hele Nacht dördanzen. As Footballspöler harrn wi Jungs de nödige Kondition dorför.

De lesde Johren up dat Schützenfest wassen dann van Arbeid bestemmt. Ick harr en Job in de Pommesbuud kregen. De hele Avend Pommes, Schaschlik un Braatwost of Currywost. Un jümmers mit de Kopp över de Friteus. Dat gung jümmers bit Klock dree of veer. Un de Gäste worden jümmers mehr bedrunken. Dor kunnst du bold nich mehr verstahn,

wat se eten wullen. De Vördeel was, dat du kien Hunger kregen dees. Denn as Pommesbrater kunnst du di dat nehmen, wat du eten wullt. De Weeke no dat Schützenfest kunn ick de Röök van dat Fett jümmers noch in mien Haar ruken, so harr de sick in de Haarspitzen inbrannt. Damals gav dat disse Appelshampoo. De Mischung was nich uttohallen. Man van dat Geld hebb ick mit achteihn Johr mien Führerschien betahlt.
Dat hett sick lohnt un bit vandaach mach ick Pommes, Braatwost un Cola jümmers noch geern.

DAT GRODE UPRÜSTEN IN'N TUUN

Ick hebb een Hals van hier bit no Celle. As ick mi vör teihn Johr mien lüttjet Huus köfft hebb, dor was ick so blied. 145 Quadratmeters, middenmang in de Stadt an en verkehsrberuhigte Straat un en Tuun achtert Huus, nich to groot un ok nich to lüttjet. Ruhe, hebb ick docht, nix as Ruhe. Dor kann nich elk un een van proten. Doch nu, teihn Johr later, is dat mit de Ruhe vörbi. De blanke Terror is utbroken. Nich Stratenlärm of Kinnergeschrei of bölkende Hunnen sünd dat Problem. Dat Problem is de technische Uprüstung in de Nobarschupp. Ick weet nich, well dormit anfangen hett, avers wennehr ick mien lüttje Hecke snie, dann mit de gode, olle Handheckenscheer, de lüttje Rasen mit en leis Elektrorasenmeiher, de Kanten mit en Scheer un de Asten van de Bööm mit en grode Knieper.

Avers nu sünd de Turbogeräte loslaten. An'n lesden Saterdach bün ick nich van dat moie Piepen van en Vogel wacker worrn, nee, dat was dat ohrenbetäubende Geräusch van en Laubblaser.

Kennen Se doch, dat moot man as Mann van Welt nu unbedingt hebben. As wenn uns Nobar de Rüssel van dat Gerät direkt in uns Slaapkamer hollen harr, so hörde sick dat an. Un dann dat an-un wedder utmaken. Näääääh-ut-näääääh-ut-näääääääh-ut. En halv Stünn för dat Laub van sien drei lüttje Bööm un de villicht noch 100 Bladen, de up sien 150 Quadratmeter Grund rümleggen hebben. De

hett seker elke Blatt enzeln in de Ecke of up en grode Haufen pustet.
Un dat was't noch nich! Dorno kaam de lesde Harvstsnitt van de Rasen. Nich mit en elektrische Rasenmeiher as man dat bi so en „grode“ Rasenfläche verwachten kann, nee, de hett sick in'n Sömmer en Upsitzrasenmeiher köfft, för dusendfievhunnert Euro. För dat Geld harr mien Söhn sien Rasen bit to sien Dod meiht un de Graffplege noch dortomaakt. Wedder en halve Stünn is he doröverjacht. Un sücht dorbi ut as en Aap mit grode Moors up'n Kookpott. Energieverswennen un Umweltbelastung, avers in't Huus Spaarlampen in de Fassung dreihn un sick as Umweltschützer fiern laten. Dann noch de Hecke, mit en elektrische Scheer, dann noch de Kanten mit en, natürlik, Se hebben dat al erraden, mit en niegelnagelneie Benzintrimmer. Un wedder gung dat Näääääh-ut-nääääääh-ut. Ick harr hum an'n leevsten wat an Kopp smeten. Avers dann harr ick dat ok bi mien anner Nobars maken möst. Denn in uns Gesellschupp gilt dat Neidprinzip nich bloots för neie Autos, ok bi Geräte för de Tuun heet dat: je grötter, luder un dürder desto beter. Un bloots nix utlennen. Dor bliev ick mit mien olle Geräte de Exot. Avers dat maakt mi nix ut. Ick bün för dat Wettrüsten in'n Tuun, ok in de Tokunft nich to hebben.

DE MOORSKLOPPER AN FRONLEICHNAM

Ick bün jo mit de katholschke Glöven grood worden. Messdeener west, hebb en Jugendgruppe leit un bün, as man dat so maakt, sönndachs in de Karke gahn. Bit ick sessteihn was, en beten mehr of minner. Man, ick höör dor vandaach noch dorto. Un de besünner Karkendagen hebb ick noch in mi sitten. Dorüm was dat ok kien Wunner, as ick eenmal mit mien Kamerateam no Vechta hen schull. Dor harr ick de Upgaav mit antopacken. Ditmal bi dat Smücken van de Straaten un Altare to Fronleichnam. Wi wullen dat filmen un de Lü bi de Probstei harrn uns de een of anner Helper an de Siete stellt. Toeerst gung dat an de Hauptstraat. Dor harrn se de grode Altar al bold sowiet. Wat noch fehlde, wassen de sworen Sieten, wor de Stoff uphangen word. In de Midde was ut olle Tafels un witte Laken de Platz richt worrn, up de de Pastor bi de Prozession de Monstranz mit dat Allerhilligste henstellen deiht. Ick up de Ledder ruppkrabbelt un de langen Dökers över de Hakens leggt. Dat Problem was bloots, dat de Altardelen al bold dartich Johren up de Puckel harrn, de Ledder mit fiev Johren avers al de een of anner Slach mitkregen harr. Un so kunn dat nich anners. As de Helpers een korten Moment de Ledder loslaten hebben, dor fung se an to swingen, un ick fung an to swingen un de Döker fungen an to swingen. Bi all dat Swingen kunn dat nich utblieben, dat dat een

Swung to veel was un ick mit disse Swung de Ledder runner bün. Avers dat was jo dat Vörbereiden van de Altar. Un dor harr de Herr dor boben wall en Inseihn mit mi. Ick bün weik up de Dökers fallen, de se noch nich uphangen harrn. Dorno hebb ick de Fraunslü holpen. Up de Prozessionswech is dat Sitte, dat de Straate mit Blomenblüten smückt word. O.k., dach ick, dorbi kann di nix passeren. Se harrn dusend van Blomen de Koppen ofknepen un se in grode Körv leggt. Jümmers no Klören sorteert. So kunn ick mi richtich uttoben un een Muster no dat anner up de Straate leggen. Hier wörde in en paar Stunnen de Monstranz röver dragen. Un dat was, as dat nich anners kunn, en Wettstriet tüschen de Anwohners. Well hett dat an'n moisten maakt. Ick also mit vulle Kanne mitdoen un een Buket no dat anner up de Straate zirkelt. Dat hett up de Wichters wall so en Indruck maakt, dat se mi no een halve Stünn eerstmal een inschonken hebbt.
Nee, kien Messwien, dat was en Korten. Un as ick dann wedder bold mit de Kopp up dat Plaster hung, hett doch een van de Fraunslü mi en Moorsklopper geven. Also, dat harr ick in en gode katholschke Gegend nich verwacht. Avers, de Dach un ok de Prozession wassen för mi rett. De Kameramann harr dat up sien Band. Un nu kummst du!!

WIEHNACHTSBOOM LEGAL, ILLEGAL OF SCHIETEGAAL

Nu kummt de Wiehnachtstied mit Riesenschritten un mi sleiht al wedder de Sweit ut. Denn ick mutt dor wedder över nodenken, weckern Boom ick ditmal för uns Stuuv slagen of kopen moot.

Eigenlik jo kien Problem! Seggst du so! Dat illegale Klauen ut de Forst, dat överlaat ick anner Lü. Denn ick will Wiehnachten mit een good Geweten vör de Boom sitten un „Oh Tannenbaum“ singen. Anners blievt mi de Christstollen noch in't Halsgatt stoppen.

Avers wecker Boom nehmen? Dor givt dat eerstmal drei Sorten van Bömen, de in Fraag komen: de Nördmanntann (Abies nordmanniana), de Stechfichte (Picea pungens glauca) un de Edeltann (Abies procera). Ick holl nich so veel van de Stechfichte. No dat Fällen of Kopen, of tolest bi't Smücken süchst du so ut, as of Millionen Lusen di in de Nacht dien Blood ofsogen hebben. De maakt sien Noom all Ehr. De Nördmanntann hollt de Nadels so moi lang un de Edeltann hett runde Spiekers, de nich sehr dohnt.

Dorför köst de avers ok een Bült mehr. De erste Striet kummt dann, wennehr dat üm de Art un Wies geiht. Ick bün Naturliebhaber. An't levsten een Tann utgraben un komplett mit Ballen in de gode Stuuv setten. De kann ok unegal Asten hebben, frei no de wiehnachtlike Motto: En beten scheev hett Gott leev!

Mien Frau will de Dreck van de Ballen avers nich in't Huus hebben. Se is för de düre Edeltann direkt van de Erzeuger mit lieke Asten. Ick segg, to düür un to edel. Bloots dat dor för twee Weeke een Boom in't Stuuv steiht, moot ick kien 40 Euro utgeven.

Un de Vördeel bi een Recylingboom ut de Garden is doch, dat een de tominst drei of veer Johr wedder utbuddeln un ingraben kann, bit he to groot word för de Kamer. Un ick holl ok nix van een Wiehnachtsboomwettstriet: Well hett den Gröttsten! Dat is för anner Rebeten vörbehallen.

Also moot ick ok dit Johr wedder een Kompromiss ingahn. De sücht bold elke Johr so ut, dat ick nich buddeln kann, dörför avers mien günstige Abies normanniana krich, allerdings mit mehr of minner lieke Asten, denn villicht hett Gott en beten scheev jo leev, mien Frau un ehr Boomsmuck willen dat man anners. Avers to gode Letzt sitt dann doch de hele Familie an Wiehnachten vör den Boom un is blied, dat dat üm disse Thema kien Streit an de Fierdagen givt.

Dann kannst to't Christfest ok munter blieven.

INHALT

Dor dümpeln se wedder rüm 5
Zeugniskonferenz 7
Duschen kost nu 50 Cent 9
De Kölle,
of warum de Winter ok gode Sieten hett 11
Stickstoffsorbet of de neie Art to koken 13
Olivenbööm as seker Geldanlaag 15
Zuppeln, snieden, offackeln –
Haare wech moot wesen 17
Wenn de Buur sien Frau nich find 19
„Bling bling" givt dat nu ok för Mannslü 21
CABRIO OPEN –
De Testosteronsaison hett anfangen 23
De Stimmbruch van mien Söhn of wennehr
en Baby groot word 25
TOYBOYS, dat neie Speeltüch
van riepe Frauens 27
Dor schall een de Jugend noch verstahn 29
Dat Drama mit de Wiehnachtsboom 31
Wi harrn jo nix! 33
Elke fief Minüten nei verlievt 35
„Free hug" of wat kost een Umarmung? 38
Normale Bosten starven ut 40
Dat Rätsel van dat swedische Möbelhuus 42
Geiht he of steiht he? 44
Komplimenten sünd nich licht 50
Probeerdagen, of de Freetwahn
an'n Saterdach 52
De Dieb up de Spur 54

Urlaub up den Buurnhoff 56
Wenn de Melkmann tweemal klingelt 66
Van Pommes un Whiskey-Cola 68
Dat grode Uprüsten in'n Tuun 72
De Moorsklopper an Fronleichnam 74
Wiehnachtsboom legal,
illegal of schietegaal 76

Ludger Abeln

Jümmers munter blieben!

80 Seiten, broschiert,
ISBN 978-3-89882-094-3, € 7,80

Der sympathische Rundfunk- und Fernsehmoderator versteht es, aktuelle Themen mitreißend und spritzig zu erzählen. Unter dem Motto „Jümmers munter blieben!" präsentiert Ludger Abeln sein erstes plattdeutsches Buch mit eigenen Geschichten aus der NDR-Sendereihe „Hör mal'n beten to".

Ludger Abeln vertellt

ISBN 978-3-89882-089-9, € 17,00

Ludger Abeln erzählt mit viel Herzblut eigene Geschichten aus der NDR-Sendereihe: „Hör mal'n beten to". Seine lebendige Erzählweise macht diese CD zu einem Hörerlebnis!